Der Ausgangspunkt ist ein Verbrechen, dessen Beurteilung selbst Kriminalisten und Richtern schwerfiele. Der Dichterin aber geht es auch gar nicht darum, einen Fall in juristischem Sinne zu klären. Sie fragt vielmehr nach einer Wahrheit, die jenseits der menschlichen Erfahrung liegt. Denn das, was gemeinhin als das Böse angesehen wird, ist nun einmal in die Welt gesetzt; es wächst und zieht immer weitere Kreise. Die Schuld fällt schließlich auf einen, irgendeinen, der zum Sündenbock wird. Dennoch hat Luise Rinser kein düsteres Buch geschrieben. Ihre Darstellung zeugt von menschlicher Güte und ist voller Verständnis für das Schicksal derer, denen das Leben übermäßig viel Schweres zumutet. Unglückliche, die helfen wollen, in ihrer menschlichen Hilflosigkeit aber einen Weg wählen, der sie vor die Schranken des irdischen Richters bringt. Um »ihres Kindes« willen nimmt die alte Magd Schuld auf sich, indem sie sich zur Rächerin macht, obgleich sie weiß, daß der Herr spricht: »Mein ist die Rache.«

Luise Rinser wurde 1911 in Pitzling/Oberbayern geboren. Sie studierte Psychologie und Pädagogik und war von 1935 bis 1939 als Lehrerin tätig. 1940 erschien ihr erster Roman ›Die gläsernen Ringe‹. In den folgenden Jahren durfte sie ihren Beruf nicht mehr ausüben. 1944 wurde sie wegen »Wehrkraftzersetzung« verhaftet. Die Erlebnisse dieser Zeit schildert sie in ihrem ›Gefängnistagebuch‹ (Bd. 1327) und in ihrer Autobiographie ›Den Wolf umarmen‹ (1981). 1979 erhielt sie den Literaturpreis der Stadt Gandersheim, die Roswitha-Gedenkmedaille, 1987 den Heinrich-Mann-Preis der Akademie der Künste der DDR, 1988 den Elisabeth-Langgässer-Literaturpreis. Luise Rinser lebt heute als freie Schriftstellerin in Rocca di Papa bei Rom.
Am Ende des Bandes finden Sie die lieferbaren Titel von Luise Rinser angezeigt.

LUISE RINSER

DER SÜNDENBOCK

ROMAN

FISCHER TASCHENBUCH VERLAG

31. Auflage: Dezember 1998

Ungekürzte Ausgabe
Veröffentlicht im Fischer Taschenbuch Verlag GmbH,
Frankfurt am Main, August 1962

Lizenzausgabe des S. Fischer Verlages, Frankfurt am Main
Copyright by S. Fischer Verlag GmbH, Frankfurt am Main 1954
Druck und Bindung: Clausen & Bosse, Leck
Printed in Germany
ISBN 3-596-20469-0

... Und soll das Los werfen über die zween Böcke;
ein Los dem Herrn und das andere dem ledigen
Bock.
Und soll den Bock, auf welchen des Herrn Los
fället, opfern zum Sündopfer.
Aber den Bock, auf welchen das Los des Ledigen
fället, soll er lebendig vor den Herrn stellen,
daß er ihn versöhne, und lasse den ledigen Bock in
die Wüste.
Daß also der Bock alle ihre Missetat auf ihm in
eine Wildnis trage ...

3. Buch Mose, 16. Kapitel
Vers 8, 9, 10 und 12

ERSTES BUCH

Das gleichmäßige Scharren eines harten Besens, begleitet vom langsamen Schlurfen viel zu großer Schuhe–damit beginnt der Morgen in der Parkstraße. Diese Straße ist die Straße der alten Leute. In den Villen aus dem vorigen Jahrhundert, halb erstickt von Efeu und wildem Wein, feucht beschattet von alten Fichten und Kastanien, beschützt von meterhohen, moosigen Gartenmauern aus Sandstein, wohnen die pensionierten Beamten der kleinen Stadt, die wohlhabenden Witwen, die ehemaligen Offiziere, die Rentner, die stillen Teilhaber an Aktiengesellschaften: Leute, die das Leben hinter sich haben und sich für gerettet halten.

Der alte Straßenkehrer tut seine Arbeit, ohne auch nur ein einzigesmal aufzublicken. Hinter ihm bleibt die Straße morgendlich leer und still zurück. Erst eine Stunde später wird sie aufgestört vom Klappern kleiner Holzsandalen, die vor jeder Tür haltmachen, um ein paar Augenblicke später schon wieder weiterzueilen: der Bäckerjunge, viel zu schmächtig für seinen großen Korb, klingelt an den Gartentoren, sie öffnen sich elektrisch, er läuft die Stufen zu den Haustüren hinauf und zählt die Frühstückssemmeln in die Säckchen, die an den Messingklinken hängen.

An diesem Morgen dauert es länger; es ist Samstag, und er muß das Geld kassieren, das, in Papier gewickelt und genau abgezählt, in den Säckchen liegt. Ein Zehner davon gehört ihm.

Plötzlich gibt es einen Aufenthalt, ganz unerwartet. Eine Gartentür öffnet sich nicht. Das Säckchen hängt an der Haustürklinke, aber es ist voll, der Junge kann es durch die Stäbe des Gartentors hindurch sehen. Einen kurzen Augenblick hat er die unsinnige Hoffnung, in dem Säckchen könnte ein Geschenk für ihn sein, das ihn dafür entschädigen würde, daß er hier nie auch nur einen Pfennig für sich vorgefunden hat. Vielleicht ist die geizige alte Französin, die hier ganz allein wohnt seit urdenklichen Zeiten, von Reue gepackt worden. Aber dann erkennt er genau: was in dem Säckchen ist, das sind ohne Zweifel die zwei Semmeln vom vorigen Tag. Das bedeutet, daß die Alte sie nicht geholt und nicht gegessen hat. Aber warum?

Der Junge schätzt die Höhe des Gartentors. Er könnte darüber klettern, wäre es nicht mit scharfen Eisenspitzen besetzt. Die Mauer ist höher. Er befühlt sie: sie ist rauh und brüchig. Er zuckt die Achseln und geht weiter. Ein paar Schritte, dann kehrt er um und klettert entschlossen auf die Mauer. Plötzlich stößt er einen Fluch aus, viel zu kräftig für sein Alter. Er hat sich an einem der Glasscherben geschnitten, mit denen die Oberseite der Mauer tückisch gespickt ist. Er hat gute Lust, die Semmeln in den Garten zu schleudern, noch dazu, da es harte, trockene vom Vortag sind. Die Französin kauft seit Jahren nur altbackene, die billiger sind als die frischen.

Dann aber läßt er sich seufzend von der Mauer in den Garten fallen. Kein Geld, kein Zettel, nichts. Er klingelt. Vergeblich. Vielleicht ist der Alten etwas passiert? Nun, seinetwegen kann sie ruhig tot sein. Er legt die Semmeln zu den schon steinhart ausgedörrten ins Säckchen und klettert über die Mauer zurück.

In diesem Augenblick kommt jemand. Er kennt den Schritt. Wer geht schon mit solch dummen, eilfertigen Kinderschritten, ohne die Sohlen vom Boden zu heben, als die Aufwartefrau der Französin, ein schwachsinniges Mädchen, das einmal in der Woche kommt, um zu putzen.

»Wo ist sie denn, deine Madam?« fragt der Junge. Das Mädchen sieht ihn töricht an.

»Sie macht nicht auf«, fährt er fort. »Ist sie verreist oder ist sie krank?«

»Ich weiß nicht.«

»Klingle du.«

Aber auch ihr öffnet niemand.

»Ich brauche das Geld«, sagt der Junge. »Schrei, vielleicht macht sie auf, wenn sie deine Stimme hört.«

»Nein, ich schrei nicht. Da wird sie böse. Ich habe Angst.«

»Meinetwegen. Dann sieh zu, wie du hineinkommst.« Der Junge macht sich davon, um die letzten Häuser zu versorgen. Als er zurückkommt, steht das Mädchen immer noch vor dem Gartentor.

»Geh heim«, ruft er, und in einem Anfall von trockener Verwegenheit fügt er hinzu: »Vielleicht ist sie tot, deine Madam.«

Sie starrt ihn eine Weile an, dann stößt sie einen hellen lauten Schrei aus und stürzt davon. Der Junge schaut ihr erstaunt nach. Plötzlich beginnt auch er zu laufen, so schnell er kann, ohne Aufenthalt, bis er in eine belebte Straße kommt.

Es wird Mittag, bis die Nachricht an die richtige Stelle gelangt. Die alte Französin hat einen Neffen. Er ist Musiklehrer am Gymnasium; ein magerer, tief und anhaltend verdrossener Mann. Er kommt von der Schule und eilt in stiller und ohnmächtiger Wut über seine Schüler und sein eigenes Lebenslos nach Hause. Beim Einbiegen in seine Straße wird er angerufen. »Herr Karel!« Es ist der Bäcker, der, die dicken nackten Arme voller Mehl und Teigreste, aus der Backstube gestürzt kommt. Karel bleibt mißmutig stehen.

»Herr Karel, wissen Sie schon?«

»Was soll ich denn wissen?«

»Oh, man hat es Ihnen noch nicht erzählt? Warten Sie, ich rufe meinen Lehrjungen, er wird es Ihnen sagen.«

Der Junge ist sofort zur Stelle. Er fühlt sich ebenso wichtig wie unsicher. »Ich weiß gar nichts«, sagt er trotzig. »Es ist nur das, daß die Madam nicht aufgemacht hat und daß die Semmeln von gestern noch im Säckchen sind.«

Karel schaut verständnislos bald den Jungen, bald den Bäcker an. »Und da dachte ich«, sagt der Bäcker, »Sie als Verwandter müßten doch nachschauen, ob ihr nicht etwas passiert ist. Man kann ja nie wissen.«

»Ja, aber wie soll ich denn ins Haus kommen, wenn sie nicht aufmacht?«

»Man kann die Tür aufbrechen lassen.«

Karel stößt ein kurzes hartes Gelächter aus. »Das können Sie versuchen, lieber Mann, wenn Sie Mut haben. Sie kennen meine Tante nicht. Wenn sie nicht aufmachen will, wird sie schon ihre Gründe dafür haben.«

»Ja, gewiß«, murmelt der Bäcker, den Karels Gelächter verwirrt. »Aber dann würde ich an Ihrer Stelle die Polizei anrufen.«

»Die Polizei? Was geht das denn die Polizei an?« Karel wird langsam wütend.

Der Bäcker zuckt die Achseln. »Es ist schon manch einer tot aufgefunden worden, und nachher stellte sich heraus, daß er ermordet worden ist.«

Jetzt ist das Maß für Karel voll. »Zum Teufel, was für Reden führen Sie da. Das ist doch ein dummes Gerücht, von einem kleinen Burschen in die Welt gesetzt und durch nichts bewiesen. Meine Tante wird verreist sein, was weiß denn ich von ihr.« Er schließt mit einer scharfen Handbewegung, die das Gespräch ein für allemal abschneidet.

»Aber Herr Karel«, sagt der Bäcker bestürzt, »ich wollte es Ihnen doch nur sagen, damit sich jemand um die alte Dame kümmert.«

»Gewiß«, erwidert Karel böse, »gewiß bin ich derjenige, der allen Grund hat, sich um sie zu kümmern.« Der Bäcker hält im letzten Augenblick noch seine mehlbestaubte Hand zurück, die er Karel begütigend auf den Arm legen wollte. »Ich weiß ja«, murmelt er, »wir wissen es alle, Herr Karel. Aber die Christenpflicht...«

Karel wirft ihm einen vernichtenden Blick zu, der ihn verstummen läßt.

»Schon gut«, murmelt Karel erbittert, »ich werde mich um sie kümmern, warum auch nicht, ist ja Christenpflicht, Sie sagen es.«

Damit läßt er den Bäcker stehen, der ihm kopfschüttelnd nachschaut.

Als Karel seine armselige Wohnung betritt, stolpert er ums Haar über die alte Martha in ihrer breiten Fülle, die, im dunkeln engen Flur kniend, die Röcke hochgebunden, den Boden putzt.

»Warum machen Sie denn kein Licht? So können Sie doch den Schmutz nicht sehen, und ich kann mir den Hals brechen.«

Martha gibt ihm keine Antwort. Sie rutscht auf den Knien beiseite, um ihm Platz zu machen, und putzt weiter.

»Ist meine Tochter schon heimgekommen?«

»Wie soll sie heimgekommen sein, wo sie doch erst vorgestern weggefahren ist und vierzehn Tage ausbleiben soll.« Vorwurfsvoll fügt sie hinzu: »Das Kind hat die Erholung nötig genug.«

»Aber ja, ich sage doch nichts, ich hatte nur im Augenblick vergessen.«

»Vergessen«, murmelt sie gekränkt, »vergessen.« Aber Karel hört sie schon nicht mehr. Er ist zu seiner Frau gegangen. Man hat ihr das einzige sonnige Zimmer der Wohnung gegeben. Dort sitzt sie seit eineinhalb Jahrzehnten, eine unheilbar Kranke. Sie hat ihre Tochter vorzeitig geboren, allein in einem brennenden Haus, in das der Blitz gefahren war. Als man sie und das Kind fand, war sie gelähmt und stumm, und kein Arzt und keine der kostspieligen Kuren konnten sie heilen. Aber sie haben Karel in Schulden und wieder in Schulden verstrickt. Jetzt steht ihm das Wasser bis zum Mund. Sein Gehalt ist auf zwei Jahre im voraus verpfändet.

»Wie geht's dir?« Die tägliche Frage. Er denkt sich längst nichts mehr dabei. Sie nickt mit ihrer gewohnten traurigen Freundlichkeit.

»Was machst du denn da?« Er nimmt ihr das Strickzeug aus der Hand. »Der Arzt hat es dir doch verboten.«

Sie greift hastig danach. Er läßt es ihr seufzend.

»Was siehst du mich denn so an?«

Sie legte ihre Hand auf seinen Arm, eine schüchterne zärtliche Gebärde, die sie sich seit Jahren nicht mehr erlaubt hat.

»Was hast du denn? Sieh mich doch nicht so an! Hat dich irgend etwas erschreckt?«

Sie schüttelt sanft den Kopf, ohne ihn aus den Augen zu lassen. Er wendet sich verwirrt ab. Plötzlich kommt ihm ein Verdacht. »Ich gehe in mein Zimmer, ich komme gleich wieder.«

Im Flur ruft er laut: »Martha, ist das Essen noch nicht fertig?« Leise fügt er hinzu: »Kommen Sie.«

Martha erhebt sich umständlich, obgleich sie sonst trotz ihrer Fülle behende ist wie ein junges Mädchen.

»Martha, waren Sie heute schon beim Bäcker?«

»Beim Bäcker? Ja, schon möglich. Geh fast jeden Morgen beim Bäcker vorbei.«

»Das ist keine Antwort. Ich frage Sie, ob Sie heute beim Bäcker waren.«

»Ja, beim Bäcker auch.«

»Und?«

»Hab ein Brot gekauft. Ist teuer genug. Wieder drei Pfennige teurer.«

»Martha, ich frage Sie jetzt deutlich: hat der Bäcker mit Ihnen gesprochen? Hat er Ihnen etwas erzählt?«

»Erzählt? Ja, wir reden immer ein wenig miteinander. Er ist doch aus demselben Dorf wie ich.«

»Martha, was haben Sie meiner Frau erzählt?«

»Ich? Herr Karel, nichts. Was sollte ich erzählt haben?«

Karel wirft ihr einen feindseligen Blick zu.

»Also, Sie wissen es.« Martha nickt gleichmütig.

»Aber Sie haben meiner Frau nichts gesagt?«

Sie schüttelt den Kopf.

»Warum sieht sie mich dann so sonderbar an?«

Martha hebt langsam die Schultern und läßt sie wieder fallen, dann sagt sie: »Aber wenn Sie mich fragen, Herr Karel, dann möchte ich sagen, Sie sollten sich nicht darum kümmern.«

»Wenn ich Sie frage! Aber ich frage Sie nicht.«

Martha sieht ihn unbewegt an, dann wendet sie sich gelassen ab, um in die Küche zu gehen.

Seit Jahren hat Karel das Haus seiner Tante gemieden. Er hat Mühe, es unter den andern Häusern der Parkstraße wiederzufinden. Sie gleichen sich alle.

Er klingelt am Gartentor, durchaus gewärtig, den grauen Raubvogelkopf seiner Tante an irgendeinem Fenster erscheinen zu sehen und eine Reihe von deutschen und französischen Schimpfworten zu hören, so laut, daß sie die ganze Nachbarschaft aus dem Mittagsschlaf aufstören und an die Fenster locken würden. Es wäre nicht das erste Mal.

Nichts dergleichen geschieht. Karel rüttelt am Gartentor. Es ist fest verschlossen und zudem mit einer schweren eisernen Querstange gesichert. Karel schickt stumme Flüche gegen das Haus, dann geht er unverrichteterdinge fort.

Außer seiner Tochter hat er niemand, den er um Rat fragen könnte in dieser vertrackten Angelegenheit, sie aber ist nicht da. Er fühlt sich jammervoll verlassen. Vielleicht ist es doch besser, die Polizei zu verständigen. Aber was wird geschehen, wenn die Polizei die Türen aufsprengt und ins Haus dringt, während die Alte aus Eigensinn oder aus weiß Gott welchem Grund sich einfach ein paar Tage eingeschlossen hat? Welche Blamage für ihn.

Schließlich erinnert er sich eines Mannes, der verschwiegen genug ist, daß man ihn befragen kann: der Hausverwalter seiner Schule. Zwischen Karel und diesem Mann besteht eine ungute stumme Sympathie. Sie hassen beide in finsterer Übereinstimmung ihren Direktor.

Der Verwalter hört Karels Bericht schweigend an. Dann beginnt er, immer noch wortlos, in einer Schublade voller Schlüssel zu kramen, um endlich einen Bund Dietriche herauszuziehen.

»Hier«, murmelt er, »einer davon wird passen.«

»Nein«, sagt Karel entsetzt, »das kann ich nicht. Ich kann mich doch nicht wie ein Dieb einschleichen.«

Der Verwalter zuckt gleichgültig die Achseln.

»Dann weiß ich auch nicht, wie Sie ins Haus kommen

wollen.« Er macht Anstalten, den Schlüsselbund wieder in die Schublade zurückzuwerfen.

»Warten Sie doch«, ruft Karel. »Das ist nicht so einfach.« Plötzlich hat er einen Einfall. »Wenn Sie mitkommen würden, als Zeuge, für alle Fälle ...?«

»Ich? Nein, Herr Karel, ich nicht.«

»Aber Sie haben doch nichts zu fürchten. Sie sperren einfach auf und gehen mit mir ins Haus. Ich allein, bedenken Sie, ich allein: in welchen Verdacht könnte ich da kommen!«

»In Verdacht können wir auch zu zweien kommen.«

Karels Gesicht nimmt einen flehenden Ausdruck an.

»Sie werden mich doch nicht im Stiche lassen. Ich garantiere Ihnen, daß Sie nichts zu fürchten haben. Im übrigen ...« Er unterbricht sich. Der Verwalter hat den Schlüsselbund jetzt wirklich in die Schublade zurückgelegt. Karel sieht es voller Furcht. Er wagt das Äußerste. »Hören Sie: Sie sollen es nicht umsonst tun.«

Der Verwalter wirft ihm einen schiefen Blick zu.

»Ja, natürlich«, murmelt Karel gekränkt, »Sie denken ... ich weiß, was Sie denken. Aber falls meine Tante tot sein sollte, so bin ich der Erbe.« Er hat diese Worte flüsternd hervorgestoßen, und er ist dabei erbleicht. Der Verwalter macht eine wegwerfende Handbewegung, dann greift er wieder nach dem Schlüsselbund. »Bis zur Haustür«, sagt er, »aber nicht weiter. Keinen Schritt ins Haus. Gehen wir.«

»Doch nicht jetzt«, ruft Karel entsetzt. »Nicht, wenn es hell ist.«

»In der Dunkelheit also, wie Einbrecher? Und Sie meinen, das wäre weniger verdächtig?«

Er hat natürlich recht, aber Karel zittert bei der Vorstellung, am hellichten Tag von jedermann in der Parkstraße beobachtet werden zu können.

»Also gut«, sagt der Verwalter mürrisch, »wenn Sie es durchaus nicht anders wollen: nach Einbruch der Dunkelheit vor dem Gartentor. Auf Ihre Verantwortung.«

Der Tag ist endlos. Es ist Juni. Der Abend duftet nach Lindenblüten und Jasmin. In den Biergärten der Stadt sitzen die Leute hemdärmelig im Freien, aber Karel friert. Er ist viel zu früh daran, aber auch der Verwalter, der eine Stunde später kommt, ist immer noch zu früh. Noch sind die alten Leute auf der Straße, die ihre kleinen Hunde vor dem Schlafengehen spazierenführen. Die allabendliche Pause zwischen dem Zufallen des letzten Gartentors und dem Auftauchen der ersten Liebespärchen muß abgewartet werden.

Karel und der Verwalter, ein harmloses Paar ruhiger Spaziergänger, für niemand verdächtig. Keiner, der ihnen begegnet, kann vermuten, daß der eine dieser beiden sinnloserweise alle Ängste eines ungeübten Verbrechers aussteht und daß auch dem andern nicht wohl ist in seiner Haut.

Der Vorschlag, einen Schnaps zu trinken, kommt vom Verwalter. Für Karel ist es ehrenrührig, eine Schnapsbude zu betreten. Zudem reut ihn das Geld. Aber dieser Tag hat ihn zermürbt. Kaum hat er voller Abscheu sein Glas geleert, hört er sich zu seinem Entsetzen ein zweites bestellen, für sich und den Verwalter. Als sie nach dem dritten Glas die Bude verlassen, befindet sich Karel in törichter, abenteuerlustiger Munterkeit. Der Verwalter, der an Schnaps gewöhnt ist, muß ihn zur Ruhe mahnen.

Jetzt ist die Straße menschenleer. Vor der Gartentür aber verläßt Karel der Mut. »Kehren wir um«, flüstert er, »lassen wir's, was geht's mich an. Weiß der Teufel, was für eine dumme Geschichte ich mir an den Hals hole.«

Der Verwalter ist schon dabei, seine Schlüssel am Gartentor auszuprobieren. »Wie Sie meinen«, sagt er und macht Anstalten, die Schlüssel wieder in die Tasche zu stecken.

»Ich bin nervös«, flüstert Karel.

»Entweder oder«, murmelt der Verwalter ärgerlich.

»Soll ich oder soll ich nicht? Mir ist's gleichgültig.«

»Doch, ja, ich muß wohl. Ist ja Christenpflicht.«

Der Verwalter schaut ihn mißtrauisch prüfend an.

»Zum Teufel, ja«, ruft Karel heiser, »machen wir weiter.«

»Wenn Sie so schreien, bleibt's bestimmt geheim.«

Karel schweigt erschrocken.

Schon der vierte oder fünfte Schlüssel paßt.

Auch das Schloß der Haustür ist leicht zu öffnen, doch scheint von innen ein Riegel vorgeschoben. Karel erinnert sich einer Kellertür, die vom Garten aus ins Haus führt. Ein Haufen abgebrochner dorniger Äste, zu Bündeln gepackt, versperrt den Zugang. Fluchend räumt der Verwalter sie beiseite. Die Tür öffnet sich nach innen, doch nur einen Spalt weit. Der Verwalter drückt mit seinem ganzen Gewicht darauf. Plötzlich stürzt mit fürchterlichem Lärm irgend etwas ein, das gegen die Tür gelehnt war.

Die beiden machen einen weiten Sprung rückwärts, ins Gebüsch. Erst nach langer Zeit, nachdem weder im Haus noch in der Nachbarschaft irgend jemand sich rührt, wagen sie sich wieder hervor. Der Verwalter aber erklärt jetzt, er habe getan, was er versprochen habe. Alles Weitere gehe ihn durchaus nichts an.

Karel, halb betäubt von Schnaps und Schrecken, vergißt sich so weit, daß er sich an den Widerstrebenden klammert. Der Verwalter schüttelt ihn ab und verschwindet lautlos im Dunkeln.

Karel ist allein. Seine Trunkenheit verhilft ihm zu einer Art verzweifeltem Mut. Ohne irgendwo anzustoßen, findet er den Weg zwischen umgestürzten Körben und Blechwannen durch den dunklen Keller und über die Treppe hinauf. Endlich entdeckt er einen Lichtschalter.

Der nächste Augenblick läßt ihn erstarren. In der Halle, am Fuß der Treppe zum Obergeschoß, liegt die Alte lang hingestreckt auf dem Boden.

Einen ganzen Tag hat Karel Zeit gehabt, sich auf einen solchen Anblick vorzubereiten. Wenn er ehrlich ist, so muß er zugeben, daß er gehofft hatte, die Alte in ihrem Bett zu finden, eindeutig und unzweifelhaft tot, einem Herzschlag erlegen. So aber liegt sie da, als sei sie nur ohnmächtig und könne jeden Augenblick zu sich kommen, aufspringen und ihm mit ihren langen gelben Nägeln ins Gesicht fahren.

Er ist übrigens nicht sicher, ob dies alles nicht bloß eine Falle ist, die sie ihm gestellt hat.

Langsam schleicht er näher. Sie ist sehr blaß, aber

diese Blässe ist nicht die des Todes. Karel hält seinen Atem an, um den ihren zu hören, aber sein Herz klopft zu heftig, er kann nichts hören als diesen hämmernden Laut im eignen Ohr. Je länger er die Alte beobachtet, desto sicherer erscheint es ihm, daß sie ihn zum Narren hält. Hat sie nicht eben die Oberlippe hochgezogen und ihr starkes Gebiß gezeigt? Will sie ihn herausfordern? Will sie es darauf ankommen lassen, ihn zu einer unbesonnenen Tat zu verleiten? Er wird sich hüten, sie anzurühren.

Er wischt sich den Schweiß von der Stirn und blickt vorsichtig um sich. Jetzt erst sieht er, in was für einer seltsamen Umgebung er sich befindet. Was hat die Alte aus ihrer Halle gemacht! Die Tür zum Vorplatz ist mit einem riesigen schwarzen Schrank verstellt, und vor den hohen Fenstern sind sonderbare Türme aufgebaut aus Kisten, Sesseln und Waschwannen, kunstvoll übereinandergeschichtet, so, daß sie bei der geringsten Bewegung in sich zusammenstürzen müßten. Das Ganze gleicht einem Höhlenbau, angelegt von einem schwachen und verängstigten Wesen, das einen Angriff erwartet und sich dafür gerüstet hat. Wovor aber glaubte sich die Alte sichern zu müssen, sie, die seit vierzig Jahren allein in diesem Haus wohnte, ohne Mann, ohne Hund und ohne jemals auch nur eine Spur von Angst zu haben? Vielleicht ist sie im hohen Alter verrückt geworden.

Schließlich fällt sein Blick auf ihre Handtasche, die auf dem Boden liegt; sie hat sich beim Sturz geöffnet, ein paar kleine Münzen und ein Geldschein sind herausgefallen, sie liegen vor Karels Füßen. Er schiebt sie mit dem Schuh beiseite. Plötzlich aber bückt er sich nach dem Geldschein und steckt ihn ein. In diesem Augenblick ist ihm, als öffne die Alte ihre Augen. Mit einem einzigen Satz springt er rückwärts und stürzt fort, ohne auch nur eine Tür hinter sich zu schließen. Erst am Ende der Straße wagt er innezuhalten. Er hat ein Gefühl wie in seiner Kinderzeit, wenn die Schaukel mit ihm abwärtsflog. Er zittert, und ihm ist übel. Als ihn endlich seine Beine wieder tragen, schleppt er sich zur Post, um ein Telegramm an seine Tochter Alexandra aufzugeben. »Komm sofort zurück.« Nichts weiter. Sie wird begreifen, daß er sie nicht ohne Not ruft. Sie ist erst fünfzehn, noch fast ein Kind, aber sie ist klug, eine verschwiegene kleine Person.

Aber was soll mit der Tante geschehen, bis Alexandra kommt? Er hat größte Lust, sie liegenzulassen, wo sie liegt. Ist sie nur ohnmächtig, wird sie wieder aufstehen. Ist sie aber tot, nun, um so besser. Dunkel jedoch spürt er, daß in diesem Abwarten eine Gefahr für ihn liegt. »Christenpflicht«, murmelt er haßerfüllt, »Christenpflicht.« Wenn er jetzt einen Arzt rufen würde, so geschähe es gewiß nicht, um die Alte wieder zum Leben zu erwecken – zu was für einem Leben! –, sondern um sich selber Unannehmlichkeiten zu ersparen. Nun, da er schon einmal auf der Post ist, ruft er wirklich einen Arzt an, nicht seinen Hausarzt, sondern irgendeinen fremden, der am nächsten wohnt.

Karel erwartet ihn am Gartentor in der Parkstraße. Auf dem kurzen Weg zur Kellertreppe berichtet er ihm, was er gesehen hat und was ihn bewog, ins Haus einzudringen. Der Arzt ist ein alter, schweigsamer Mann. Karel empfindet sein Schweigen als Kränkung.

Er hat das heftige Bedürfnis, getröstet zu werden. Der Arzt aber hat keine Zeit für ihn, er hat Augen und Ohren nur für die Alte. Sie ist tatsächlich nicht tot, sie hat einen Schädelbruch, offenbar ist sie die Treppe heruntergestürzt, sie muß sofort ins Krankenhaus, der Arzt wird selbst hinfahren, um den Krankenwagen zu bestellen, denn im Haus ist kein Telefon.

»Und ich?« fragt Karel.

»Sie? Nun, sie bleiben so lange hier.«

»Allein mit einer Toten?«

»Sie ist nicht tot, ich sagte es Ihnen doch.«

»Aber sie kann inzwischen sterben.«

Der Arzt mißt ihn mit einem raschen Blick vom Kopf bis zum Fuß, dann sagt er beruhigend: »Vor der alten Dame brauchen Sie keine Angst zu haben, die ist jetzt friedlich, und die Sanitäter sind sofort da.«

Er versetzt Karel wie einem Schuljungen einen aufmunternden Schlag zwischen die Schultern und läßt ihn stehen.

Als die Sanitäter kurze Zeit darauf mit der Tragbahre ankommen, finden sie Karel auf der Schwelle zur Halle kauernd, den Kopf auf die Knie gelegt und vor Erschöpfung so tief schlafend, daß sie ihn wachrütteln müssen. Er fährt mit einem Schrei hoch. Die Sanitäter bleiben beim Anblick der Halle, die einem wüsten Warenlager gleicht, verblüfft stehen. »Was bedeutet denn das?«

Karel weiß es selbst nicht.

»Verrückt«, murmeln sie ein ums andre Mal. »War die alte Dame denn nicht mehr recht im Kopf?« Wenige Minuten später wird die Alte auf der Tragbahre ins Auto geschoben. Karel hat die Lichter im Haus gelöscht, die Kellertür bleibt unversperrt, er schiebt mit dem Fuß die dornigen Reisigbündel wieder vor, dann steigt auch er ins Auto, um der Alten das Geleit ins Krankenhaus zu geben.

Spät in der Nacht kommt Karel nach Hause. Er, der um seiner kranken Frau willen längst gelernt hat, unhörbar sich zu bewegen, stößt heute an Schränke und Regale, mit denen der Korridor vollgestopft ist, und irgend etwas fällt klirrend zu Boden. Augenblicklich öffnet sich die Küchentür. Martha füllt sie in ihrer ganzen Breite aus.

»Still«, flüstert sie, »Sie machen ja einen Lärm, daß das ganze Haus wach wird.«

»Was tun Sie denn noch da? Warum sind Sie nicht nach Hause gegangen wie sonst auch?«

»Es kann immer sein, daß man mich braucht.«

»Was soll das heißen?«

»Ich bleibe hier.«

»So, Sie bleiben hier. Nun gut, ich habe ja nichts zu sagen, ich weiß. Aber wo wollen Sie denn schlafen, Sie eigensinnige Person?«

»Bin's gewöhnt, wenig zu schlafen.«

Durch die offne Tür wird ein sonderbares Lager sichtbar: ein Haufen Flickwäsche auf dem Boden, eine uralte Decke und Marthas Mantel. Es hat keinen Sinn, ihr etwas zu befehlen, sie tut, was sie will.

»Sie haben noch nicht gegessen, Herr Karel.«

»Keinen Hunger.«

»Ach was. Ganz grün im Gesicht und schwach in den Knien, ich seh, was ich seh.«

Karel deutet mit dem Kopf nach der Tür seiner Frau.

»Halten Sie doch den Mund, Martha.«

Plötzlich fühlte er das unwiderstehliche Verlangen, zu reden und getröstet zu werden. Zwar hält er Martha für dumm, aber in dieser Nacht wird er den Trost nehmen, wo immer er ihn finden kann. Er folgt Martha in die Küche.

Während sie das armselige Abendessen aufwärmt, sagt er wie beiläufig: »Der Bäckerjunge hatte doch recht.«

Martha fährt herum wie von einer Schlange gestochen. »Tot?« flüstert sie, »ist sie tot?« Ihr breites, sonst so undurchdringlich verschlossenes Gesicht zeigt plötzlich eine unverhüllte Gier. Als Karel den Kopf schüttelt, stößt sie einen Laut aus, ähnlich dem Fauchen einer Katze. »Also was dann, wenn nicht tot?«

»Die Treppe heruntergestürzt, meint der Arzt. Sie hat einen Schädelbruch. Sie ist jetzt im Krankenhaus.«

Martha hat sich wieder dem Herd zugedreht. Sie murmelt vor sich hin.

»Was sagen Sie?«

»Wird sterben.« Martha sagt es trocken und mit aller Bestimmtheit.

»Aber wie können Sie das wissen, Martha. Die Alte ist zäh. Die überlebt uns alle.«

»Wird sterben.«

»Ich glaube es nicht.«

Martha schweigt. Sie hat gesagt, was sie zu sagen hatte. Karel muß erkennen, daß er von ihr keinerlei

Trost erwarten kann. Während er sein Abendessen hinunterwürgt, sitzt Martha am Herd und liest, den Finger von Wort zu Wort schiebend, in einem alten Buch mit riesigen Buchstaben. Karel vermutet, das es ein Gebetbuch ist.

Ehe er in sein Zimmer geht, öffnet er leise die Tür zu dem seiner Frau. Sie hat noch Licht.

»Du schläfst nicht? Du hast dir doch hoffentlich keine Gedanken gemacht, weil ich so lange nicht kam. Weißt du, wo ich war? In der Parkstraße. Die Alte ist die Treppe heruntergestürzt. Ich hab sie ins Krankenhaus bringen lassen.« Sie hört ihm aufmerksam zu, plötzlich aber verfärbt sie sich, sie wird weiß wie ihr Bettlaken. »Um Gottes willen, was ist dir denn? Regt dich das auf? Aber ich bitte dich. Was geht uns die Alte an. Genug, daß ich mich um sie gekümmert habe, obwohl sie uns kalten Herzens verhungern hätte lassen. Ach, hol sie der Teufel.«

Aber seine Frau hat die Augen geschlossen, und unter ihren zarten bläulichen Lidern quellen Tränen hervor. Sie zittert wie im Frost. Karel ist ratlos.

»Martha«, ruft er, »schnell! Wo sind denn die Herztropfen?«

Martha steht schon auf der Schwelle. Strafend mißt sie Karel von oben bis unten, dann flößt sie der Frau behende und geschickt die Medizin ein. Mit einer entschiedenen Kopfbewegung weist sie ihren Herrn aus dem Zimmer. Noch lange hört er durch die dünne Wand Marthas tiefe, heisere, unendlich beruhigende Stimme.

Am nächsten Morgen bekommt Karel einen Anruf aus dem Krankenhaus: Fräulein Grasset, seine Tante, ist tot.

Zehn Jahre und länger hat er auf diese Stunde gewartet. Jetzt, auf dem Weg zum Krankenhaus, empfindet er nichts, nicht einmal die Spur einer Erleichterung. Sie ist tot. Nun gut. Vergeblich versucht er sich zu sagen, daß er – wer denn sonst – der Erbe der reichen Alten sein wird. Er ist müde, er glaubt nicht mehr daran.

In tiefer Gleichgültigkeit betrachtet er die Tote, zu der man ihn geführt hat. Sie hat ein Auge nicht ganz geschlossen. Durch den schmalen Spalt sieht sie ihn an, voller Verachtung. Er wendet sich verdrossen ab.

Die junge Ordensschwester, die ihn begleitet, flüstert: »Das war ein hartes Sterben, Herr. Ich war dabei.«

Karel hörte teilnahmslos zu. »Aber sie war doch nicht bei Bewußtsein.«

»Doch«, sagt die Ordensschwester, »sie war es.«

Karel erschrickt. »Die ganze Zeit?«

»Ich weiß nicht. Jedenfalls die letzten Stunden.«

»Hat sie gesprochen?«

Die Schwester nickt. Plötzlich schlägt sie ihre Augen nieder. »Ich weiß nicht, ob es gut ist, wenn ich es Ihnen sage. Ich möchte Sie nicht unnötig beunruhigen. Aber vielleicht müssen Sie es wissen.«

»So sagen Sie es schon. Ich bin es gewöhnt, von dieser Dame hier nur Unangenehmes zu erfahren.«

Die Schwester sieht ihn erschrocken an.

»Von den Toten, Herr, soll man nichts Böses sagen.«

»So?« sagt Karel, »und warum nicht? Haben Sie diese Tote gekannt, als sie noch lebte?«

Die junge Schwester schweigt; ihr blasses, übernächtiges Gesicht färbt sich langsam rot.

»Entschuldigen Sie«, murmelt Karel. »Sie wollten mir etwas erzählen.«

»Ja, aber bitte, vergessen Sie es wieder, wenn es ... Ich bin noch nicht lange im Dienst. Ich könnte die Oberin fragen, aber ich dachte: wozu Staub aufwirbeln, wenn es unnötig ist.«

Karel trommelt vor Ungeduld auf den Tisch. Die kleine Schwester sieht ihn ängstlich an. »Es ist sicher ganz dumm von mir, den Worten einer so alten Frau Gewicht beizulegen, aber als sie sprach, war sie so klar wie Sie und ich, Herr. Es war gegen Morgen, und plötzlich sagte sie laut: ›Jetzt begreife ich alles. Nun waren sie noch schlauer als ich. Aber das sollen sie büßen. Holen Sie sofort den Notar, Schwester.‹ Sie sagte mir auch die Adresse, ich habe sie notiert, und dann sagte sie noch: ›Auf meine Angst spekulieren, das war ein guter Einfall. Aber so wahr ich hier liege: ich will es ihnen heimzahlen.‹ Das waren ihre letzten Worte, dann kam der Todeskampf, und der war furchtbar, Herr.«

Karel hat ihr verständnislos zugehört. »Ja, und? Was soll das alles?«

Die kleine Schwester wird von neuem rot. »Ich dachte, man kann aus diesen Worten entnehmen, daß die alte Dame vielleicht absichtlich erschreckt worden ist und deshalb die Treppe herunterfiel.«

»Erschreckt? Und wer sollte das getan haben?«

»Ich weiß nicht. Aber da sie den Notar rufen wollte ... Vielleicht weiß er etwas.«

Karel wischt sich den Schweiß von der Stirn. »Ich

begreife gar nichts. Ehrlich gesagt, mir ist es gleichgültig. Sie ist tot. Mag sie ihr Geheimnis, wenn sie eines hat, ins Grab mitnehmen. Im übrigen glaube ich, daß sie längst schwachsinnig war.«

»Das glaube ich nicht«, erwidert die kleine Schwester in unschuldigem Eigensinn.

Karel, der sich bereits zum Gehen gewendet hat, dreht sich hastig um. »Was wollen Sie eigentlich mit alledem? Heraus mit der Sprache!«

Die kleine Schwester ist den Tränen nahe. »Aber ich dachte doch nur, daß vielleicht jemand der alten Dame etwas Böses angetan hat. Ich wollte ja nur . . .«

». . . nur Ihre Christenpflicht erfüllen, ja, ich weiß.« Karels Stimme zittert vor verhaltener Wut. »Ist es Ihre Christenpflicht, sich in fremde Angelegenheiten zu mischen und andere Menschen zu verdächtigen?«

Jetzt bricht die Schwester wirklich in Tränen aus. »Schon gut«, murmelt Karel betreten. »Weshalb denken Sie sich auch Geschichten aus.«

Dann geht er rasch hinaus, denn er spürt, daß er der Übelkeit, gegen die er seit Minuten ankämpft, nicht mehr länger widerstehen kann.

Karel erwartet seine Tochter frühestens am Nachmittag. Sie kommt mit dem ersten Morgenzug. Niemand holt sie ab. Blaß und erschöpft, die Stirn in finstre Falten gelegt, mit kleinen, entschiedenen Schritten geht sie durch die morgendlich leere Stadt, ihre armselige Reisetasche hinter sich herschleppend. Es regnet. Ihr dünnes Mäntelchen ist bald durchnäßt, und ihr langes rotes Haar hängt feucht und strähnig in das kleine müde Gesicht. Einer der Männer auf einem Müllauto ruft ihr zu: »Ist doch viel zu schwer für dich, Kleine.« Aber sie dreht nicht einmal den Kopf nach ihm.

Da sie einen Schlüssel hat, kommt sie ungehört in die Wohnung. Sie friert, und sie hat jetzt keinen andern Wunsch als den, etwas Heißes in den Magen zu bekommen. Irgend etwas, ein Rest Milch oder eine Tüte mit gedörrter Pfefferminze für Tee, wird sich in der Küche finden lassen.

Einige Augenblicke später fährt sie erschrocken zurück: ein dunkler Berg Flickwäsche hat sich bewegt. Mit einem kleinen Schrei fährt Martha aus den Lumpen hoch. Selbst bis in den Schlaf hinein hat sie die Nähe ihres Lieblings gespürt.

»Mein Herzchen, du bist zurück? Jetzt schon?« Ihre tiefe rauhe Stimme bebt vor Zärtlichkeit. Plötzlich verfinstert sich ihr Gesicht: »Warum kommst du? Wer hat dich gerufen? Hat er es dir befohlen?«

»Befohlen, befohlen, er hat telegraphiert, warum auch nicht.« Mit einer kleinen Kopfbewegung zur Tür fügt sie hinzu: »Und schrei nicht so.«

Martha schickt einen feindseligen Blick in die Richtung, in der ihr Herr schläft. Dann schlägt sie sich mit der flachen Hand auf die Stirn: »Aber ich rede und rede, und du bist hungrig und durstig. Warte, ich mach sofort Tee. Hab auch noch einen Apfelschnaps, der wird dir guttun.«

Mit einer lautlosen Behendigkeit, die ihr niemand zutrauen würde, eilt sie durch die Küche. Alexandra hält sie fest: »Laß das jetzt. Sag mir lieber, warum du hier bist und was geschehen ist.«

»Geschehen? Was wird geschehen sein. Sie ist tot. Laß mich doch, hältst mich ja wie ein Schraubstock.«

»Sie ist tot? Und wie . . . Weißt du etwas darüber?«

»Aber ja. Sei doch ruhig, mein Herzchen. Zitterst ja!«

»Vor Kälte.«

»Ja, vor Kälte. Ich mach ja schon Feuer, aber laß mich doch los. Bist stark wie ein Mann.«

Aber die Kleine hält sie mit aller Kraft fest und versucht sogar, sie zu schütteln.

»So rede doch, Martha.«

»Ja doch, ja, halb so hitzig. Ist ja alles ganz einfach. Sie ist tot. Die Treppe heruntergestürzt und dann im Krankenhaus gestorben wie andre Leute auch. Übermorgen ist die Beerdigung. So, und jetzt laß mich das Wasser aufsetzen.«

»Bleib stehen. Wer hat sie denn gefunden?«

»Gefunden? Gefunden hat sie dein Vater.«

»Mein Vater? Ich verstehe kein Wort. Wie kam er darauf, zu ihr zu gehen? Was wollte er denn? So rede doch!«

»Aber hab doch Erbarmen. Läßt mich ja nicht. Bin nicht so schnell wie du. Die Alte hat dem Milchmann nicht aufgemacht und der Dummen nicht und dem Bäcker nicht, und da hat man's eben deinem Vater gesagt, und da ist er hingegangen. Das ist alles. Mehr weiß ich nicht. Mußt ihn selber fragen. Aber was ist dir denn, mein Kleines? Bist ja ganz weiß. Bist du krank?«

»Ach was. Aber hör zu, Martha, hör genau zu: du

weißt gar nichts, nicht wahr? Schwöre mir, daß du nichts sagst, niemals, was auch kommt.«

»Aber Kind, was hast du denn? Bist ja wie ein Wolf in der Falle. Wovon redest du denn? Ich weiß gar nichts.«

»Du weißt genau. Schwöre mir.«

»Mein Gott, mach doch nicht solche Augen. Muß mich ja fürchten vor dir.«

»Du hast gehört, was ich sage. Du sollst schwören.«

»Ja, ja, ich schwöre. Aber um aller Heiligen willen, was ist denn in dich gefahren, Kind. Kein Mensch wird mich fragen.«

Die Kleine unterbricht sie finster: »Sie werden dich fragen. Aber du hast geschworen.«

Plötzlich ist sie am Ende ihrer Kraft. Sie zittert, und halb bewußtlos vor Erschöpfung duldet sie jetzt, daß ihr Martha die nassen Schuhe auszieht und sie auf das Lumpenlager bettet, das noch voll von ihrer Wärme ist. Als Martha ihr den heißen Tee bringt, schläft sie bereits tief. Martha betrachtet sie mit wilder, kummervoller Zärtlichkeit, dann hebt sie die kleine leichte Gestalt behutsam hoch und trägt sie in ihr Bett.

Karel ist von der Schule aus an den Mittagszug gegangen. Vergeblich. Schlechtgelaunt kommt er zu Hause an. Vor der Tür zum Zimmer seiner Frau steht Martha: »Nicht hier herein«, flüstert sie. »Es geht ihr nicht gut.« Sie sieht ihren Herrn vorwurfsvoll an. Am Küchentisch schlingt er verdrossen sein armseliges Mittagsmahl hinunter. Plötzlich sagt Martha:

»Das Fräulein ist da.«

»Was für ein Fräulein?«

»Schläft aber noch. Ist mit dem Nachtzug gefahren und in aller Herrgottsfrühe angekommen.«

»Seit wann nennst du sie ›Fräulein‹? Und warum, zum Teufel, sagst du mir jetzt erst, daß sie da ist, und läßt mich umsonst zum Bahnhof laufen?«

»Wie soll ich wissen, daß Sie zum Bahnhof gehen?«

Es hat keinen Sinn, mit Martha zu streiten. Karel schiebt verärgert den Teller zurück. Im selben Augenblick öffnet sich die Tür, und die Kleine steht auf der Schwelle, barfuß und im zerdrückten Unterröckchen. Karel ist nahe daran, sie zu umarmen. Aber zwischen ihm und seiner Tochter sind Zärtlichkeiten nicht üblich. So begnügt er sich damit zu sagen: »Da bist du ja. Aber wie siehst du denn aus? Es wird Zeit, daß du dir deine Haare schneiden läßt.«

Die Kleine nimmt sich nicht die Mühe, darauf zu erwidern. »Komm«, sagt sie mit einer Stimme, die, so leise sie ist, kaum Widerspruch aufkommen läßt. In seinem Zimmer, an seinen altersschwachen Schreibtisch gelehnt, auf dessen staubige Platte sie Figuren zeichnet, hört sie den Bericht ihres Vaters an, ohne ihn auch nur einmal zu unterbrechen. Er ist längst fertig, und sie zeichnet immer noch schweigend weiter.

»Warum sagst du denn nichts?«

»Was soll ich sagen? Sie ist tot.«

«Aber wenn wirklich jemand sie die Treppe hinuntergeworfen hat?«

»Nun, und? Was geht's uns an, wie sie gestorben ist?«

Plötzlich schlägt sie die Augen auf. »Hast du Angst?«

»Angst? Wovor?«

»Vor einem Verdacht, der dich treffen könnte.«

»Mich? Was redest du da?«

»Du bist allein in ihrem Haus gewesen.«

»Nun, und?«

»Du hast niemand, der dir bezeugt, daß du sie schon halbtot aufgefunden hast.«

»Sie hat doch schon einen ganzen Tag so gelegen. Sie hat die Tür nicht geöffnet. Dafür sind Zeugen da.«

»Und die Worte der Krankenschwester?«

Plötzlich starrt Karel seine Tochter wild an. »Willst du damit sagen, daß man glauben könnte, ich habe sie die Treppe hinuntergestoßen?«

Die Kleine antwortet nicht. Unter halbgeschlossenen Lidern sieht sie zu ihm hin, dann fragt sie wie beiläufig:

»Hat sich eigentlich jemand bei dir erkundigt, ob ich die Alte in letzter Zeit besucht habe?«

»Wieso das? Kein Mensch. Und du warst ja auch gar nicht bei ihr.«

»Doch.« Sie sagt es völlig ruhig.

»Du warst bei ihr? Aber wozu denn, um Himels willen?«

»Das kannst du dir doch denken.«

»Du hast sie angebettelt?«

Sie blickt an ihm vorbei.

»Und hat sie dir etwas gegeben?«

»Nein.«

Mit einem Mal wird er sich der möglichen Bedeutung dieses Gesprächs bewußt. Er weicht vor seiner Tochter zurück. »Und dann hast du sie . . .«

Mit einem beinahe mitleidigen Lächeln schneidet sie ihm den Satz ab. »Unsinn.«

Karel wischt sich den Schweiß von der Stirn. »Entschuldige. Diese beiden letzten Tage haben mich nervös gemacht.« Die Kleine legt ihre Hand auf seinen Arm. »Ich weiß«, murmelt sie. Aber schon läßt sie ihn wieder los, während sie ihn mit kalter Aufmerksamkeit ansieht: »Was würde es dir eigentlich ausmachen, wenn ich's wirklich getan hätte?«

»Alexandra! Du weißt nicht, was du sagst.«

»Doch«, erwidert sie trocken, »ich weiß, was ich sage. Und ich weiß auch, daß du genau wie ich der Alten hundertmal den Tod an den Hals gewünscht hast.«

Er hebt entsetzt die Hände.

»Ach sei doch ehrlich«, sagt sie laut und rauh, »wir brauchen das Geld der Alten. Schau Mutter an. Und schau dich selber an. Was für ein Leben. Und die Alte ist erstickt an ihrem Geld und ihrem Geiz.«

»Nicht so laut, ich bitte dich«, flüstert Karel, und verzweifelt fügt er hinzu: »Das Geld, das Geld! Woher weißt du, daß wir die Erben sind? Ich glaube es nicht.«

Sie erwidert nichts, aber plötzlich legt sie ihren Arm um seine Schulter und reibt ihr Gesicht ein wenig an dem seinen. Sie hat das seit ihren Kindertagen nicht mehr getan. Wie sehr hat ihr Vater seither nach ihrer Zärtlichkeit gehungert. Sie hat sie in wortloser Standhaftigkeit verweigert. Jetzt aber flößt ihm ihre Berührung nichts anderes ein als eine argwöhnische Furcht. Mühsam hebt er die Hand, um das blasse erschöpfte Gesichtchen zu streicheln, aber schon richtet die Kleine sich wieder auf. »Was reden wir da. Du wirst ihr Geld erben. Genug. Alles andere ist gleichgültig.«

Damit geht sie hinaus, hocherhobenen Hauptes und mit steifen Knien.

Wenn es der Kriminalkommissar der Stadt eilig hat, benützt er den kürzesten Weg zwischen seiner Wohnung und dem Gerichtsgebäude. Dieser Weg führt über den alten Friedhof, der einem kleinen verwilderten Garten gleicht. Seit vielen Jahren ist dort niemand mehr beerdigt worden.

An diesem Morgen sieht der Kommissar, daß eine Gruft geöffnet wird. Er kennt die Grabstätte, sie ist eine der ältesten auf dem Friedhof, sie gehörte einem verschollenen Adelsgeschlecht.

Die Steinplatte ist schon gehoben, und einer der beiden Totengräber ist in die Gruft hinuntergestiegen. Von dorther tönt seine Stimme laut und hohl.

»Ein nobles Quartier für die Alte.«

»Ja verdammt«, ruft der andre hinunter, »dafür muß sie viel Geld ausgegeben haben, die alte geizige Hexe.«

»Die läßt noch genug übrig.«

»Wer erbt denn?«

»Ein Neffe ist da. Ein armer Kerl. Die Frau unheilbar krank. Die Alte hat ihn behandelt wie einen Hund. Jetzt muß ihm die kalte Hand lassen, was ihm die warme nicht hat geben wollen. Wenn ich der Neffe gewesen wäre, ich hätte ihr schon viel früher so einen kleinen Gnadenstoß ins Jenseits gegeben und hätte es nicht für eine Sünde angesehen.«

»Einen Stoß? Wieso?«

»Sie ist doch die Treppe heruntergestürzt«.

In diesem Augenblick fällt der Blick des andern auf den Mann, der, groß und breit und ein wenig schwerfällig, sich auf einem der verwachsenen Pfade zwischen den alten Gräbern nähert.

»Still«, flüstert er. »Halt's Maul.«

Aber der andre hört ihn nicht. »Die Treppe heruntergestürzt«, wiederholt er lachend. »Verstehst du? So ganz von ungefähr ist es passiert. Die Frau ist uralt. Sie sieht nicht mehr gut. Ein kleiner Stoß, schon ist's geschehen. Kein Mensch denkt sich etwas dabei.«

Endlich begreift er die Zeichen, die ihm der andre oben am Rand der Gruft gibt.

Der Kommissar hat es nicht mehr eilig. Er bleibt sogar stehen, um die Inschrift auf einer der verwitterten Grabplatten zu lesen. Dann wendet er sich langsam dem Totengräber zu. »Lebt denn von denen da noch jemand? Ich denke, das Geschlecht ist seit hundert Jahren ausgestorben?«

»Ist es auch. Die da hineinkommt, hat mit ihnen nichts zu schaffen. Sie hat die Gruft bloß gekauft.«

»Wer ist es?«

»Eine alte Dame. Grasset oder so ähnlich.«

Damit beendet er seine Auskunft. Eine Schaufel über der Schulter, steigt er ebenfalls in die Gruft hinunter. Der Kommissar setzt langsam seinen Weg fort. Er hat die Ohren eines Luchses, aber von dem Gespräch der Totengräber hört er nichts mehr.

»Weißt du, wer das war, mit dem ich da geredet habe? Der Kommissar.«

»Verflucht. Hat er gehört, was ich gesagt habe?«

»Hast laut genug gebrüllt.«

»Ach was. Der wird nicht auf jedes Geschwätz hören.«

»Der tut es, darauf kannst du Gift nehmen. Weißt du nicht, was man von ihm sagt? Wenn der was hört, dann merkt er sich's, und wenn's zehn Jahre dauert, bis er's brauchen kann, und wenn's ihm paßt, macht er im Handumdrehen einen Strick daraus. Meinst du, er ist umsonst berühmt?«

»Gewesen. Berühmt gewesen. Jetzt ist er fast zwei Jahre hier, und wir haben noch nichts gemerkt von seinem Scharfsinn.«

»Weil noch nichts war, was ihn interessiert hat, Dummkopf. Wenn der will, ich sag dir . . .«

Die Beerdigung der alten Französin ist am frühen Nachmittag. Der Tag ist trüb und schwül und voller Staub. Ein Gewitter liegt schwer in der Luft.

Der alte Friedhof hat kein Leichenhaus. So geht der Trauerzug vom neuen Friedhof aus und nimmt seinen Weg quer durch die Stadt. Zuerst sind es außer Karel, Alexandra, Martha und der Schwachsinnigen nur ein paar Nachbarn aus der Parkstraße, die dem pompösen, altersschwachen Leichenwagen folgen, der eigens aus einem Schuppen voller Gerümpel hervorgeholt worden ist. Aber von Straße zu Straße wächst der Zug. Karel, dicht hinter dem Sarg, einen alten

39

geliehenen Zylinderhut auf dem Kopf, merkt nichts davon. Erst an der Gruft sieht er verstört, daß der Friedhof kaum groß genug ist, um die Menge der Leute zu fassen, die sich zwischen den Gräbern näherschieben und sich nicht scheuen, auf Grabhügel und Gruftplatten zu steigen, um besser zu sehen.

»Wer sind denn diese alle?« flüstert Karel ängstlich. Seine Tochter zuckt die Achseln. Da sie nicht antwortet, wendet er sich an Martha: »Was wollen denn die vielen Leute?«

Aber Martha, in ihrer Fülle regungslos und streng, scheint ihn nicht zu hören. Während der Rosenkranz, Perle um Perle, durch ihre Finger gleitet, rollt sie, ohne den Kopf zu bewegen, ihre Augen gegen den Himmel, an dem sich eine schwere schwarze Wolkenwand höher und höher schiebt.

Hinter einem Grabstein, von zwei dichten, längst nicht mehr verschnittenen Tujabüschen verborgen, steht der Kommissar. Er prägt sich das Bild dieser seltsamen Trauergäste ein. Das also ist der Erbe, den man des Mordes verdächtigt. Die kleine Rothaarige, obgleich sie nichts mit ihm gemein zu haben scheint, ist zweifellos seine Tochter. Man hat sie in ein schwarzes Kreppkleid gesteckt, das viel zu groß für sie ist, und auf dem Kopf trägt sie ein altmodisches Topfhütchen mit einem schwarzen Schleier, der ihr wie eine schlaffe Fahne über den Rücken hängt. Ein häßlicher und lächerlicher Aufputz für ein junges Mädchen. Dieser Kleinen aber, die ihn so unbekümmert trägt, verleiht er nichts Komisches. Sie erscheint darin nur fremdartig und eindrucksvoll. Was für ein undurchdringliches Gesicht. Dieses Mädchen müßte eine gefährliche Partnerin sein in einem Verhör. Doch was geht ihn die Kleine an. Er kam des Vaters wegen her. Es müßte mit dem Teufel zugehen und seine ganze Erfahrung und Menschenkenntnis über den Haufen werfen, wenn dieser armselige, ängstliche, verdrossene Bursche einen Mord begangen hätte, der so spurlos verwischt und unbeweisbar ist, wie es dieser zu sein scheint.

Hartnäckig wandert der Blick des Kommissars zu der Kleinen. Sie steht jetzt so dicht hinter dem Sarg, den die Träger neben der offenen Gruft niedergestellt haben, daß sie ihn mit den Knien berührt. Es liegt etwas Ungehöriges in der Art, wie sie dem Sarg naherückt. Einer der Träger weist sie mit einer Kopfbewegung zurück, aber sie kümmert sich nicht darum. Ihr Blick unter halbgesenkten Lidern scheint gleichgültig, aber das ganze kleine Gesicht ist hart gespannt. Ohne Zweifel: sie beobachtet diesen Sarg wie der Wächter die Zelle eines Fluchtverdächtigen.

Vergeblich versucht der Kommissar, von diesem blassen Gesichtchen irgendeinen Ausdruck abzulesen. Es würde ihn nicht wundern, Haß und Abscheu oder auch Triumph darin zu finden. Er hat die tote Alte gesehen, einige Stunden zuvor. Er hat sie auf dem Seziertisch in der Leichenhalle liegen sehen, unter Messer und Lupe zweier Ärzte, die nach seiner Anordnung vergeblich Spuren irgendeiner Gewalttat suchten, während die Alte sie aus ihrem einen halboffnen Auge tückisch und haßerfüllt zu belauern schien. Selbst ihn, der an den Anblick der grauenhaftesten Arten von Leichen gewöhnt ist, hat geschaudert vor diesem Gesicht, das von Galle und Bos-

41

heit ausgelaugt war und das, selbst als es wieder zwischen Lorbeer und Kerzen lag, nichts von jener fremden Würde verriet, die jeder andre noch so armseligen Todes Verstorbene zeigt. Was mag die Alte der Kleinen angetan haben, daß sie jetzt noch zu fürchten scheint, der Sargdeckel könnte sich plötzlich heben?

Mit einem Mal trübt sich dem Kommissar die Sicht. In seinen Augen brennt feiner Staub. Ein schleichender Wind hat sich aufgemacht unter dem schweren dunkeln Himmel. Einige Sekunden später ist der Friedhof in eine kochende Finsternis gehüllt. Das Gemurmel der Betenden, denen der Staub den Mund füllt, erstickt, und für kurze Zeit ist nichts anderes zu hören als ein seltsames Sausen wie von Tausenden schwärmender Bienen in großer Höhe. Dann bricht das Gewitter los, und ein Wolkenbruch ergießt sich donnernd über die Stadt.

Des Unwetters nicht achtend, spricht der Priester laut und stark den Segen, den die Kirche ihren Toten mitgibt. Aber außer einigen halberstickten Stimmen antwortet niemand mehr. Wer laufen kann, hat sich in die Häuser längs des Friedhofs gerettet. Die andern drängen sich erschrocken in die Gruftkapellen, in denen der Donner fürchterlich widerhallt.

Auch Karel hat versucht, mit den andern zu fliehen. Doch seine Tochter hat ihn am Handgelenk ergriffen, und sie hält ihn fest bis zum Schluß. Sie gestattet weder ihm noch sich selbst, auch nur einen Schritt vor der Regenflut zurückzuweichen, vor der auch die offene Kapelle bald keinen Schutz mehr bietet. Unter Blitz und Donner wird der Sarg der Alten in die Gruft gesenkt.

Jetzt, da sich Alexandra unbeobachtet glaubt, ist ihr Gesicht verändert. Es zeigt wilde, todesmutige Entschlossenheit. Der Kommissar fühlt plötzlich eine Art von tiefem Erbarmen mit ihr, sonderbar gemischt mit scharfem Mißtrauen, und er ist verwundert über diese Regung.

Das Unwetter geht so rasch vorüber, wie es gekommen war. Doch von den Trauergästen, die geflohen waren, kehrt keiner mehr zurück, um das Ende der Totenfeier mitzuerleben. Der Kommissar, wie alle andern bis aufs Hemd durchnäßt, verläßt sein Versteck und den Friedhof in Unbehagen und Verwirrung.

Am Nachmittag noch läßt sich der Kommissar bei der Oberin des Krankenhauses melden. Die Oberin, vom Orden der Barmherzigen Schwestern, ist eine alte, einsilbige Frau. Sie kennt den Kommissar.

»Ist etwas nicht in Ordnung?«

»In Ihrem Hause, Mutter Oberin, ist alles in Ordnung. Aber in den Köpfen der Leute scheint Unordnung zu sein. Man behauptet, Fräulein Grasset, die kürzlich bei Ihnen gestorben ist, sei ermordet worden.«

Die Oberin sieht ihn gelassen an.

Der Kommissar fährt fort: »Ich möchte das Gerücht aus der Welt schaffen.«

Die Oberin seufzt. »Was Sie so ›aus der Welt schaffen‹ nennen. Gerüchte schafft man nicht aus der Welt, indem man ihnen nachgeht. Im Dunkeln soll man lassen, was ins Dunkle gehört.«

Der Kommissar widerspricht nicht. Die Oberin seufzt zum zweitenmal. »Ich kann Sie nicht daran hindern, das zu tun, was Sie Ihre Pflicht nennen. Was wünschen Sie von mir?«

»Nichts als die Namen derer, die beim Tod Fräulein Grassets zugegen waren.«

»Da war niemand als unsre kleine Schwester Angela.«

»Kann ich sie sprechen?«

»Muß es sein?«

»Sie können es verweigern.«

»Ändert das etwas? Sie werden sich zu verschaffen wissen, was Sie brauchen.«

Sie legt ihre alte, vom vielen Waschen ausgelaugte Hand auf den Klingelknopf. Doch ehe sie drückt, sieht sie den Kommissar nachdenklich an, dann murmelt sie:

»Schade um Sie.«

Er lächelt höflich.

»Oh«, sagt sie gelassen, »eines Tages werden Sie es selber merken, was es mit Ihnen und Ihrem Beruf auf sich hat. Ich bin alt. Ich kenne Menschengesichter. Aber hier kommt Schwester Angela. Komm her. Nicht wahr, du bist's, die beim Tod Fräulein Grassets zugegen war, du allein?«

Die kleine Schwester wird blaß. »Ja, Mutter Oberin«, flüstert sie.

»Nun gut. Dies hier ist ein Herr, den ich kenne. Er bittet dich, ihm vom Tod Fräulein Grassets zu berichten. Ich gehe, ich habe zu tun.«

Die kleine Schwester wirft ihr flehentliche Blicke zu. Der Kommissar merkt, daß sie zu zittern beginnt wie

44

ein Hase, dem der Wind den Geruch des Hundes zuträgt. In all ihrer Unschuld sieht sie aus wie das schlechte Gewissen in Person.

Kaum hat sich die Tür hinter der Oberin geschlossen, sagt sie leise und mit niedergeschlagenen Augen: »Ich weiß, wer Sie sind. Aber ich kann Ihnen nichts erzählen.«

»Und warum nicht?«

»Mein Gewissen verbietet es mir.«

»Ihr Gewissen? Sie fürchten also, einen Menschen zu beschuldigen oder doch verdächtigen zu müssen?«

Sie sieht ihn schweigend und zitternd an.

»Ich kann Sie nicht zwingen zu sprechen, Schwester Angela. Aber ich bitte Sie zu bedenken, daß durch Ihr Schweigen ein Unschuldiger verderben kann.«

Sie springt auf. Ihre sanften Augen füllen sich mit Tränen. »Oh, das ist gemein. Sie nützen mein Gewissen aus wie eine Schwäche.«

Der Kommissar sieht sie forschend an.

»Hat Ihnen Ihre Oberin verboten zu sprechen?«

Die kleine Schwester wird glühend rot, aber sie sagt laut und tapfer: »Herr Kommissar, Fräulein Grasset ist vor meinen Augen gestorben. Der Arzt hat den Totenschein ausgestellt, den man Ihnen geschickt hat. Sie selbst haben die Leiche freigegeben.«

»Ich weiß, Schwester. Aber ich weiß noch mehr: Sie und ich und Ihre Oberin, wir wissen, daß hinter diesem Tod ein Geheimnis steht. Sie wollen mir nicht helfen, es zu enträtseln. Nun gut. Aber sprechen Sie nie mehr von Ihrem Gewissen. Vielleicht werden Sie eines Tages erkennen, daß Sie Ihr Gewissen durch Ihr Schweigen mehr belastet haben – möglicherweise,

45

sage ich –, als Sie es durch Sprechen hätten tun können. Sagen Sie das auch Ihrer Mutter Oberin, die Ihnen den Rat zu schweigen gegeben hat.«
Die kleine Schwester sieht ihn bebend an. Dann schlägt sie ein Kreuz und stürzt hinaus.

Der Kommissar verläßt erst in der Dunkelheit sein Büro, in dem er sich seit seinem Gespräch mit der kleinen Schwester eingeschlossen hatte. Er geht ziellos durch die Stadt. Der Abend, nach Regen duftend und voll von den kleinen süßen Lauten tropfenden Laubs, spricht nicht zu ihm. Er ist verstimmt und ruhelos.
Unversehens gerät er auf eine Art von Jahrmarkt. Armselige Vergnügungsstätte für heimliche Liebespaare und streunende Halbwüchsige: ein paar verlassene Kinderkarussells, ein Bierzelt, eine knarrende Schiffschaukel, die kranke Musik einer Drehorgel und, auf einem Stuhl, angekettet, alleingelassen und traurig, ein Äffchen in Hosen und Jacke, neben ihm eine Mütze, mit der Öffnung nach oben. Bisweilen, wenn der Wind die Zweige anrührt, fallen Tropfen nieder, dann schauert das Tier und blickt klagend nach oben.
Während der Kommissar in seiner Tasche nach einer Münze sucht, taucht aus dem dunkeln Gebüsch eine schmächtige Gestalt und bleibt vor dem Äffchen stehen, das langsam seine kleine schwarze Hand hebt.
Der Kommissar hat die kleine Rothaarige sofort

wiedererkannt. Lange und ratlos blickt sie auf die Tierhand, die sich ihr entgegenstreckt. Schließlich greift sie zögernd danach, während sie sich über das frierende Äffchen beugt, um es an sich zu drücken. Aber das ist es nicht, was das Tier will. Es blickt kummervoll enttäuscht zu Alexandra auf, dann reißt es sich los, stößt einen kleinen scharfen Schrei aus und drängt ihr das Händchen so unmißverständlich entgegen, daß sie endlich begreift. Ihr Gesicht wird finster und hart. Abgewandt, schon im Gehen, schleudert sie ein Geldstück in die Mütze. Es fällt daneben ins nasse Gras. Sie macht sich nicht die Mühe, es aufzuheben.

Ein paar Augenblicke später tritt der Kommissar an ihre Stelle. Er bückt sich nach der Münze: ein glänzendes Fünfmarkstück.

Obwohl die Putzfrau des Kommissars in einer jener engen Straßen wohnt, die niemand betreten und niemand verlassen kann, ohne von allen ihren Bewohnern gesehen zu werden, schöpft keiner Argwohn, wenn der Kommissar noch spät abends kommt. Er pflegt es öfters zu tun, wenn er der Frau irgendeinen Auftrag außerhalb der Reihe ihrer gewohnten Arbeiten zu geben hat. Bei seinem Anblick wird ihr abweisendes Witwengesicht rot vor Verlegenheit und Freude. Sie wischt hastig mit den Händen über den ohnehin saubern Stuhl, obgleich sie weiß, daß der Kommissar immer im Stehen und beinahe nur von der Schwelle aus mit ihr spricht.

Sie erwartet in demütigem Eifer seine Anordnungen. Aber diesmal stellt er ihr eine Frage: »Kennen Sie Fräulein Grasset?«

Sie vermag ihr Glück kaum zu verbergen. Das Stichwort, auf das sie seit Tagen gewartet hat, ist gefallen.

»Freilich kenne ich sie oder vielmehr: habe sie gekannt. Sie ist gestorben.«

Sie weiß genau, daß sie ihm damit nichts Neues erzählt, und sie fährt entschlossen fort: »Die Leute sagen, sie ist über die Treppe gestürzt.«

»So, sagt man das? Und was denken Sie?«

Sie zuckt die Achseln und versteckt ihre rauhen roten Hände unter der Schürze. Erst als er sie lange genug so ausdruckslos angesehen hat, als habe er sie vergessen, antwortet sie.

»Ich? Ich würde sagen, sie ist an ihrem Geiz gestorben.«

Sie sagt es beiläufig und teilnahmslos, aber er kennt sie gut genug, um zu wissen, daß sie darauf brennt, ihm eine Eröffnung zu machen, und sie nur noch hinauszögert, um die Vorfreude darauf ganz auszukosten. Er läßt ihr Zeit.

Schließlich murmelt sie etwas. Er versteht sie nicht.

»Was haben Sie gesagt?«

»Ach, nichts Besonderes. Ich meine nur, daß Fräulein Grasset Feinde gehabt hat.«

»Eine so alte Frau, und Feinde?«

Sein ungläubiges Lächeln ist eine Herausforderung. Jetzt ist der Augenblick gekommen, um triumphierend zu sagen: »Wollen Sie vielleicht mit meiner Nichte sprechen? Die hat bei ihr geputzt.«

Er verbirgt seine Überraschung unter einem gelang-weilten Gähnen und einem lustlosen Kopfnicken.

Die kleine Schwachsinnige kommt sofort.

»Sag dem Herrn: wie war es bei Fräulein Grasset?«

Die Schwachsinnige starrt sie verständnislos an.

»Nun, wie war's zum Beispiel mit deinem Lohn? Hast du etwas bekommen in den zehn Jahren?«

»Sie hat mir alles auf die Sparkasse getan.«

»Aber das ist doch nicht wahr. Erzähle richtig.«

»Ich erzähle ja richtig. Sie hat gesagt, den Lohn gebe ich dir nicht in die Hand, ich gebe ihn zur Sparkasse, und später bist du reich.«

»Ja, so hat sie gesagt. Und was war, als ich mit dir zur Sparkasse ging?«

»Ich weiß nicht.«

»Du weißt es genau. Auf der Sparkasse war nämlich nichts. Und dann sind wir zu Fräulein Grasset gegangen. ›Wo ist das Geld?‹ haben wir gefragt. Und was war dann?«

»Ich weiß nicht.«

»Hinausgeworfen hat sie uns, dich mit der einen Hand, mich mit der andern. So war sie, Herr Kommissar. Und so war sie auch zu ihrem Neffen. Den hat sie halb verhungern lassen, ihn und die schwerkranke Frau.«

Ihre Erzählung wird plötzlich unterbrochen: die Schwachsinnige hat begonnen zu heulen, laut und mit erhobenem Gesicht wie ein Hund.

»Was hast du denn, du dummes Ding?«

Die Antwort ist kaum zu verstehen.

»Aber es ist doch nicht wahr. Sie hat das Geld doch nur versteckt.«

»Versteckt? Was sagst du? Und wo hat sie es versteckt?«

Das Schluchzen endet so plötzlich, wie es begann.

»Ich sag's nicht.«

»Du mußt es sagen.«

»Es ist mir verboten.«

»Aber sie ist doch tot. Oder hat es dir jemand andres verboten?«

Die Schwachsinnige preßt eigensinnig die Lippen aufeinander. Kein Wort weiter ist zu erfahren. Die Putzfrau ist zornig, und sie schämt sich vor dem Kommissar. »Man kann heute nichts mit ihr anfangen. Sie wird es schon noch sagen.«

»Lassen Sie sie in Frieden«, sagt der Kommissar. Die Schwachsinnige geht trotzig hinaus.

»Und Sie meinen also«, fährt der Kommissar fort, »die alte Dame sei bösartig gewesen und habe Feinde gehabt, und einer davon... Aber wer? Vermutlich der, der am meisten durch sie zu leiden hatte. Der Neffe also, meinen Sie.«

Sie hebt abwehrend die Hände: »Gott steh mir bei, ich habe nichts gesagt.«

Er lächelt schwach. Dieses Lächeln bringt sie zur Verzweiflung. Weiß sie denn nichts mehr, das ihm nützlich sein könnte? Die Geschichte von den seltsam verbauten Fenstern und Türen in der Parkstraße. Aber sie scheint ihn zu langweilen.

Kaum ist er gegangen, fällt ihr ein, was sie ihm zu sagen vergessen hat. Doch scheint es ihr mit einem Mal nicht mehr wichtig, ihm mitzuteilen, daß die kleine Rothaarige ziemlich oft bei der alten Französin gewesen ist. Stärker als je zuvor hat sie das vernichtende Gefühl, ihm nie und nimmer jenen großen Dienst erweisen zu können, von dem sie in verzehrendem Ehrgeiz träumt.

Das Testament der alten Französin bereitet dem vorlesenden Amtsrichter ebensoviel Verlegenheit wie boshaftes Vergnügen.

»Ich hinterlasse«, so hatte Fräulein Grasset geschrieben, »mein Barvermögen von dreißigtausend Mark meinem einzigen Neffen. Ich würde es lieber einem Kloster oder einem Spital vermachen als ihm. Da ich, wie man weiß, Klöster und Spitäler nicht ausstehen kann, so mag man daraus ersehen, was ich von meinem Neffen halte. Einzig und allein, weil meine Großnichte mich darum bittet und weil es mir gänzlich gleichgültig sein kann, wer nach meinem Tod mein Geld besitzt, darum soll er es haben. Ich könnte es ebensogut in den Fluß werfen, denn mein Neffe wird es für teure und aussichtslose Kuren seiner Frau benützen und nach wenigen Jahren ebenso arm sein wie zuvor. Er hat seine Frau gegen meinen Willen geheiratet. Ich habe ihm kein Glück gewünscht, er hat keines gehabt und wird weiterhin keines haben. Meinetwegen.

Meiner Großnichte aber hinterlasse ich mein Haus und meinen Schmuck. Der Wert des Schmucks ist beträchtlich. Ich mache aber zur Bedingung, daß sie vor ihrer Großjährigkeit kein Stück davon verkaufen noch an ihre Eltern verschenken darf. Haus und Schmuck bleiben unter Aufsicht des Amtsgerichts. Sie selbst kann in meinem Haus wohnen; ich verbiete aber ihren Eltern, auch nur einen Fuß hineinzusetzen. Das Haus darf nicht verkauft werden, solange meine Großnichte lebt. Sie soll nach meinem Tod erfahren, daß sie der einzige Mensch ist, für den ich Sympathie empfinde. Da sie jede Gefühlsregung meinerseits sofort zu schamloser Bettelei für ihre Eltern ausgenützt hätte, konnte ich ihr das zu meinen Lebzeiten nicht zeigen. Ein Verzeichnis der Schmuckstücke liegt bei.«

Der arme Karel war beim Verlesen dieses Schreibens vor Scham beinahe in den Boden gesunken. Aber er gestattete sich keinen einzigen zornigen Blick. Stumm und gekrümmt nahm er die Erniedrigung auf sich.

Dem Testament, das ein Jahr alt war, hatte Fräulein Grasset eine Nachschrift beigefügt in einer Schrift, die kaum mehr als die ihre zu erkennen war; ein dünnes, fahriges, fast unleserliches Gekritzel: »Der Schmuck ist in einer eisernen Kassette, deren Versteck nur zwei Personen kennen, die sich nach meinem Tode beim Notar melden werden, da sie sich dort eine kleine Belohnung abholen können.«

Der Amtsrichter schüttelt den Kopf. »Seltsame Vorsicht.«

»Und die ungenannten Personen?« murmelt Karel. Der Amtsrichter zuckt die Achseln. »Sie werden sich melden. Wir müssen abwarten.«

Karel findet sich wie im Traum auf der Straße. Wie oft hat er diesen Augenblick vorweggenommen. In den Zeiten der schlimmsten Armut hat ihn die Aussicht auf diesen Augenblick allein vor der Verzweiflung bewahrt. Jetzt empfindet er nichts als einen dumpfen

Gram. Es ist so, wie die Alte schrieb: er wird das Geld für neue und immer wieder zwecklose Kuren seiner Frau verwenden müssen. Was immer ihm geschehen wird: die Armut wird sein Teil bleiben, solange seine Frau lebt. Wenn sie tot wäre, dann ... Der Schweiß bricht ihm aus.

Er erschrickt vor seiner eigenen Tochter, die plötzlich vor ihm auftaucht. Sie hat auf ihn gewartet.

»Hast du das Geld?« flüstert sie.

Karel nickt düster.

»Wo hast du es?«

»Aber doch nicht in der Tasche. Es liegt auf der Bank.«

»Ist es viel?«

»Weniger als wir dachten.«

»Wieviel?«

Er versucht ihrem Blick auszuweichen, aber er hat nicht die Kraft dazu. »Zehntausend«, flüstert er. Er lügt seiner Tochter in die Augen. Für Alexandra ist selbst dies noch eine ungeheure Summe. Sie stößt einen Schrei aus, hell und scharf wie ein Raubvogel, dann stürzt sie davon.

Solange er sie sehen kann, schaut Karel seiner Tochter mit ängstlicher Spannung nach. Dann, ganz plötzlich, verfärbt sich sein Gesicht. Zum Glück fühlt seine tastende Hand ein Eisengeländer, das einige Stufen hinaufführt.

Auf diesen Stufen findet ihn kurze Zeit später die Kellnerin des Cafés, vor dessen Tür er ohnmächtig zusammengebrochen ist. Sie beugt sich erschrocken über ihn und befühlt seinen Puls, während sie den Mann mit raschen und erfahrenen Blicken abschätzt.

Dann läuft sie entschlossen ins Haus und kehrt mit einem Glas Schnaps und einem belegten Brot zurück.

Karel kommt, vielleicht von dem scharfen Schnapsgeruch, der in seine Nase steigt, zu sich.

»Da, trinken Sie«, sagt eine Stimme, die er nicht kennt. Er blickt verstört auf. Die Kellnerin mustert ihn besorgt: »Aber Sie sollten erst einen Bissen essen.«

»Essen?« murmelt er verwirrt, »warum essen? Ich bin nicht hungrig. Und Schnaps . . .« Er will eben sagen, daß er Schnaps verabscheut, da fühlt er eine neue Welle der Übelkeit herannahen, er greift rasch nach dem Glas und trinkt es in einem Zuge leer.

Dann steht er auf.

»Was kostet das?« fragt er.

Die Kellnerin macht eine kleine lässige Handbewegung. »Das ist doch nicht der Rede wert.«

Karel schaut sie verblüfft an, dann zieht er mit zitternden Händen einen Geldschein aus der Tasche.

»Hier. Der Rest ist für Sie.«

Sie wirft einen Blick darauf. Es ist viel zuviel. Während sie in ihrer Geldtasche kramt, um ihm herauszugeben, geht er fort. Plötzlich aber kehrt er um. Während er an ihr vorbei ins Café geht, bestellt er einen weiteren Schnaps.

Es ist Vormittag, und Karel ist der einzige Gast. Nach dem vierten Glas lädt er die Kellnerin ein, mitzutrinken. Er ist betrunken. Sie sagt ruhig: »Ich würde mich schämen, einem Mann wie Ihnen etwas wegzunehmen.«

»Einem Mann wie mir, was soll das heißen?«

Sie bleibt freundlich und gelassen: »Ich denke mir, Sie verdienen Ihr Geld auch nicht leicht.«

Sein Gesicht läuft rot an. »Was wissen denn Sie von mir?«

Sie hat keine Lust, mit ihm zu streiten, sie zieht sich zurück, aber er folgt ihr. »Hören Sie«, flüstert er, »ich bin nicht arm. Ich bin reich. Lächeln Sie nicht. Ich schwöre Ihnen. Sie glauben es nicht? Da, hier ist ein Testament. Ich habe geerbt.«

»Aber ja«, sagt sie begütigend, »ich glaube Ihnen.«

Das Testament in der Hand, bleibt er mitten im Café stehen und starrt vor sich hin. Die Kellnerin beobachtet ihn durch die Glastür, die Café und Küche trennt. Plötzlich läßt er sich auf einen Stuhl fallen und legt den Kopf auf den Tisch. Ohne Zweifel: er weint. Seine Schultern beben.

Die Kellnerin weiß nicht, wie sie sich verhalten soll. Langsam nähert sie sich ihm. Seine Magerkeit und die Schäbigkeit seines sauber gebürsteten Anzugs erwekken ihr Mitleid. Sie kennt aus eigener Erfahrung die Armut und die ergreifende Mühe, sie zu verbergen. Ein armer trauriger Aufschneider. Sie glaubt kein Wort von dem, was er sagte. Aber vielleicht erfährt sie aus dem zerknitterten Papier, das er noch immer in der Hand hält, wenigstens seinen Namen. Es bleibt ihr keine Zeit, mehr als die Überschrift zu lesen. Sie heißt: »Letzter Wille.« Die Zahl, die einige Zeilen tiefer steht, vermag sie schon nicht mehr mit Sicherheit zu lesen, denn plötzlich zieht der Mann das Papier mit einer heftigen Bewegung an sich, und einige Augenblicke später steht er auf und verlangt zu zahlen. Er hat vier Gläser gehabt. Die Kellnerin berechnet sechs. Er legt das Geld auf den Tisch und eilt hinaus.

Die Kellnerin steckt das Geld, um das sie ihn betrogen hat, in ihre Schürzentasche. Eine Weile später holt sie es, brennend rot im Gesicht, wieder heraus und wickelt es hastig in eine Papierserviette. Am Nachmittag wird sie es in den Opferstock der Kirche des heiligen Antonius werfen.

Alexandra ist wie von einem Windstoß getrieben durch die Stadt gelaufen. Die Leute auf der Straße sahen ihr verwundert nach. Im Dunkel der Kellertreppe wartet sie, bis ihr Atem sich beruhigt hat und die glühende Röte ihres Gesichts vergangen ist. Dann erst geht sie zu ihrer Mutter.

Frau Karel hat in ihrem Rollstuhl geschlafen. Obgleich sie nur einen sehr leichten Schlaf hat, fährt sie erschrocken auf wie aus einem tiefen schweren Traum. Alexandra macht eine Bewegung, als wolle sie ihrer Mutter zu Füßen stürzen. Aber sie hält mitten in der Bewegung inne und zieht sich zur Tür zurück. An den Türpfosten gelehnt, sagt sie mit trockener Zunge, leise, rauh und tief: »Jetzt ist es soweit. Ihr habt das Geld geerbt. Es sind zehntausend.«

Sie hat nicht erwartet, daß ihre Mutter vor Freude plötzlich wieder sprechen könnte oder dergleichen; aber insgeheim hat sie die Hoffnung genährt, daß sich in diesem Augenblick etwas ereignen würde, das dem Niederprasseln der ersten Regentropfen nach einer langen Dürre gliche. Einen einzigen Augenblick der

Erleichterung und des Glücks hat sie erhofft. Sie läßt ihren Blick vorsichtig unter halbgeschlossenen Lidern hervorgleiten. Das Gesicht ihrer Mutter ist so unbewegt, als hätte sie nicht verstanden.

»Mama«, sagt Alexandra mit einer Stimme, die, heiser und gebrochen, ihr nicht mehr gehorcht: »Hörst du nicht: das Geld! Es sind zehntausend. Du wirst jetzt gesund werden.«

Flehend blickt sie auf ihre Mutter. Endlich bewegt Frau Karel den Kopf, langsam und kaum merklich. Ihr Blick geht dabei ins Leere.

»Mama«, beginnt Alexandra verzweifelt von neuem, »die teuersten Ärzte . . .«

Ein Blick ihrer Mutter läßt sie verstummen, ein sanfter Blick voll lächelnder Hoffnungslosigkeit.

Alexandra dreht sich langsam um und geht hinaus.

Es ist später Nachmittag, und Karel ist noch nicht heimgekommen. Alexandra ist fortgegangen, um ihn zu suchen. Als sie ihm endlich in einer abgelegenen Gasse begegnet, hält sie ihn für krank. Er geht unsicher und breitbeinig, als bewege er sich auf einem schwankenden Schiff. Alexandra hat ihn noch nie betrunken gesehen. Dann aber begreift sie.

»Du riechst nach Schnaps.«

Er starrt sie an, als wäre sie eine Fremde.

»Du hast getrunken«, sagt sie mit Abscheu.

»Mir war schlecht«, murmelt er verlegen. Mit einem Mal färbt sich sein Gesicht dunkelrot, und in plötzlicher Wut schreit er: »Was spionierst du da herum?

Gönnt man mir nicht einmal einen freien Nachmittag und ein Glas Schnaps? Habe ich gar kein Recht
mehr zu leben?«

»Ach, sei still«, sagt Alexandra leise. »Komm nach
Haus. Das Essen wartet noch immer auf dich.«

»Das Essen wartet«, wiederholt er höhnisch. »Und
alles andere wartet auch: die Sorge, die Krankheit,
das Elend.«

»Was redest du denn. Du hast doch geerbt.«

»Geerbt, ja.« Er packt seine Tochter am Arm und
bringt sein Gesicht nah an das ihre. Sie erträgt es
regungslos. »Geerbt? Und wozu? Du weißt es selbst.
Ob geerbt oder nicht, es bleibt alles beim alten.«

Seine Wut ist verraucht, seine Wangen zittern, er
kann jeden Augenblick in Tränen ausbrechen. Alexandra senkt die Augen. Ihr Gesicht drückt ebensoviel
Mitleid wie Verachtung aus. »Komm«, wiederholt
sie, und er setzt sich endlich in Bewegung, bleibt aber
bald wieder stehen, um seine Tochter mißtrauisch anzusehen. »Wieviel habe ich geerbt?«

»Zehntausend, hast du gesagt.«

»Habe ich gesagt? Warum sagst du, daß ich es gesagt
habe?«

Sie beobachtet ihn mit plötzlicher Aufmerksamkeit,
antwortet aber nicht. Er scheint seine Frage vergessen
zu haben.

»Übrigens«, murmelt er im Weitergehen, »du hast
auch geerbt.«

Sie stellt keine Frage, und nichts in ihrem blassen gespannten Gesichtchen verrät, was sie denkt.

»Das Haus gehört dir«, fährt er fort. »Und der
Schmuck der Alten auch.«

Erst eine Weile später fällt ihm auf, daß sie nicht geantwortet hat.

»Hast du nicht gehört?« ruft er. »Haus und Schmuck . . .«

Sie unterbricht ihn leise: »Schrei nicht so. Ich habe es gehört.«

Er starrt seine Tochter bestürzt an. »Ist das alles, was du zu sagen hast?«

»Was soll ich sagen?«

»Ich an deiner Stelle . . .«

Ein ungeduldiger rauher Seufzer läßt ihn verstummen.

Die Straße längs der Friedhofsmauer scheint kein Ende zu nehmen. Es ist sehr heiß und staubig. Karel bemüht sich immer wieder, den zähen Nebel seiner Müdigkeit zu durchstoßen.

»Der Schmuck . . .« beginnt er von neuem, während er stehenbleibt.

»Ach, laß doch«, sagt Alexandra. »Komm jetzt. Wir reden zu Hause darüber.«

»Warte doch. Der Schmuck . . . Weißt du, wo er ist?«

»Woher soll ich es wissen?«

»Zwei Personen wissen es, steht im Testament. Sie sind nicht genannt. Du wirst wohl eine davon sein.«

»Ich weiß nichts.« Ihre Stimme klingt so laut und hart, daß er erschrickt.

Für einige Augenblicke ist er nüchtern.

»Weißt du denn nichts von dem Testament? Hat sie nicht mit dir darüber gesprochen?«

»Nein.«

Er schaut seine Tochter ungläubig und argwöhnisch an. »Aber du warst doch ihr Liebling.« Ohne daß er es will, klingt seine Stimme bitter und böse. Sie dreht sich mit einer heftigen Bewegung nach ihm um.

»Was redest du da?«

»Sie hat es im Testament geschrieben. Du warst der einzige Mensch, für den sie je Sympathie empfunden hat.«

»Ist das wahr?«

Eine neue Welle von Müdigkeit übermannt ihn und hindert ihn daran, zu sehen, daß das Gesicht seiner Tochter plötzlich erbleicht und daß ihre Augen, von stillem Entsetzen geweitet, sich mit Tränen füllen, während sie hocherhobenen Haupts und schweigend weitergeht.

Der Kommissar ist eben dabei, das Büro zu verlassen, um tags darauf in Urlaub zu gehen, als ihn ein Telefonanruf vom Amtsgericht zurückhält.

»Erbschaftsangelegenheit? Geht mich nichts an.«

Die Stimme des Amtsrichters ist voll eifriger Beflissenheit. »Vielleicht doch. Es handelt sich um den Fall Grasset.«

»Ich kenne keinen Fall Grasset.«

In einem sonderbaren Widerstreit von Abwehr und Neugierde hört er den Bericht des Amtsrichters. »Drei Wochen sind vergangen, ohne daß jemand sich gemeldet hat. Niemand weiß, wo der Schmuck ist. Er soll äußerst wertvoll sein.«

»Nun, und?«

»Glauben Sie nicht, daß diese Sache in Zusammenhang mit dem ungeklärten Tod der alten Dame steht?«

»Wieso ungeklärt? Da ist nichts ungeklärt.«

Der Amtsrichter wird unsicher. Er läßt die gefährliche Anspielung fallen.

»Aber was sollen wir tun, wenn der Schmuck sich nicht findet? Das Amtsgericht verwaltet ihn bis zur Volljährigkeit der kleinen Karel. Wir sind verantwortlich.«

»Setzen Sie die Belohnung so hoch an wie Sie können und lassen Sie eine Anzeige in die Zeitungen drucken, dann werden die Zeugen sich schon finden.«

»Und wenn nicht?«

»Ich fahre morgen in Urlaub. Leben Sie wohl.«

Der Kommissar ist von einer sonderbaren Wut befallen, die sich langsam in eine schwere Traurigkeit verwandelt. Statt nach Hause zu gehen, bleibt er am Fenster seines Büros stehen und starrt trüb hinaus. Eine Weile später läßt er sich mit dem Amtsgericht verbinden.

»Hören Sie, Herr Amtsrichter: setzen Sie die Anzeige, von der wir sprachen, in die Zeitungen, aber tun Sie sonst nichts, bis ich aus dem Urlaub zurück sein werde, und sprechen Sie mit keinem Menschen darüber.«

»Ja gewiß«, antwortet der Amtsrichter, und in einem Anfall privater Neugier fügt er hinzu: »Ist doch etwas an der Sache?«

Aber der Kommissar hat schon eingehängt.

»Also doch«, murmelt der Amtsrichter mit einer eiskalten Befriedigung, die ihn selbst bestürzt. »Jetzt hat er angebissen, der große Mann.«

Einen Tag später, während der Kommissar eben mit dem Packen seiner Koffer beschäftigt ist, ruft ihn seine Sekretärin an. Sie darf es nur im äußersten Falle wagen, ihn zu Hause zu stören.

«Ein alter Mann wartet seit fünf Stunden auf Sie. Er behauptet eigensinnig, Sie seien noch in der Stadt, er wisse es bestimmt. Er habe Ihnen etwas Wichtiges zu sagen zum Fall Grasset. Jetzt sitzt er auf der Bank im Hof und wartet weiter. Was soll ich tun?«

»Lassen Sie ihn sitzen, bis er verfault. Ich kenne keinen Fall Grasset. Ich reise jetzt.«

Die Sekretärin ist so erschrocken über diese ganz und gar ungewohnte Grobheit, daß sie augenblicklich einhängt. Sie hört nicht mehr, wie der Kommissar mit stiller Wut sagt:

»Nun gut, ich komme.«

Der alte Mann sitzt noch immer auf der steinernen Bank vor dem Amtsgericht. Beim Anblick des Kommissars springt er auf. Noch ehe er zu reden vermag, beginnt er zu zittern. Zu jeder andern Zeit hätte der Kommissar ein beruhigendes Wort gefunden. Jetzt reizt ihn diese hündische Angst.

»Was wollen Sie?« fragt er kurz, und fast verzweifelt fügt er hinzu: »Ich habe keine Zeit, ich muß zur Bahn.« Aber der Alte greift nach seinem Ärmel, um ihn festzuhalten.

»Nicht hier. Unter vier Augen, Herr Kommissar. In den Anlagen.«

»Meinetwegen. Also, kommen Sie.«

Er folgt dem Alten, der nicht eher stehenbleibt, als bis er das dichteste Gebüsch erreicht hat.

»Herr Kommissar, ich bin ein unbescholtener Mann. Ich kann den Verdacht nicht auf mir sitzen lassen.«

»Welchen Verdacht? Sagen Sie mir in aller Kürze und deutlich, worum es sich handelt.«

»Ich bin der Gärtner. Ich halte alle Gärten in der Parkstraße in Ordnung. Bei Fräulein Grasset habe ich es auch getan. Ich bin aber niemals ins Haus gekommen, Herr. Ich schwöre es Ihnen.«

»Und was geht das mich an?«

Der Alte ringt die Hände. »Wie kann ich mich wehren, wenn die Leute sagen, ich hätte den Schmuck gestohlen?«

»Welchen Schmuck?«

»Es ist doch in der Zeitung gestanden heute früh. Und da haben sie gesagt, ich wüßte, wo der Schmuck ist, und wenn ich es nicht sage, wäre es deshalb, weil ich ihn gestohlen habe.«

»Und Sie kommen also jetzt, um mir zu sagen, wo der Schmuck ist?«

Der Alte zittert noch heftiger. »Herr, bei allen Heiligen des Himmels, ich habe ihn nicht.«

Der Kommissar faßt ihn scharf ins Auge. »Sie haben Fräulein Grasset gut gekannt?«

»Ja, seit vierzig Jahren. Aber ich bin niemals in ihr Haus gekommen.«

»Das sagten Sie schon. Haben Sie die Schmuckkassette zufällig gesehen?«

»Ich schwöre es Ihnen, ich weiß nicht . . .«

»Schwören Sie nicht so oft. Und wenn Sie nichts wissen und unschuldig sind, warum haben Sie dann so Angst?«

»Der Verdacht, Herr, das Böse ... Es bleibt immer etwas an einem hängen.«

»Und um mir das zu sagen, haben Sie auf mich gewartet?«

Der Alte schlägt seine Augen nieder und scharrt schweigend mit den Füßen im Sand.

Der Kommissar ist ungeduldig und gespannt.

»Also reden Sie schon. Ich muß zur Bahn.«

»Herr, Sie müssen verstehen: ich bin ein unbescholtener Mann. Ich habe nie Böses über einen Menschen gesagt. Aber in der Notwehr ... Gott verzeih mir, wenn ich jemand andern verdächtige. Aber ich ertrage es nicht, für einen Dieb zu gelten. Herr, wenn jemand etwas von dem Schmuck weiß, dann ist es die Putzfrau von Fräulein Grasset, die Schwachsinnige.«

»Wie kommen Sie darauf? Haben Sie Beweise?«

Der Alte zittert so stark, daß er sich kaum mehr auf den Beinen halten kann.

»Beweise, nein. Aber da steckt es. Da, Herr Kommissar, da müssen Sie suchen, nicht bei mir.«

»Mann«, sagt der Kommissar eisig, »Sie sagen, Sie seien unbescholten. Sie sind's nicht mehr, wenn Sie ohne Beweise einen andern Menschen verdächtigen.«

Er wendet sich zum Gehen.

»Herr«, ruft ihm der Alte nach, »Sie werden es noch bereuen, wenn Sie nicht auf mich hören.«

Der »Grüne Markt«, mitten in der Stadt gelegen, ist der Sammelplatz aller Gerüchte. Die Zeitungsnotiz, am frühen Morgen erschienen, ist noch am Nachmittag frisch und in aller Mund. Sie beschäftigt die Leute mit so düstrer Heftigkeit, daß sie, zu dichten Knäueln geballt, nicht einmal den Kommissar bemerken. Ein Fremder würde aus ihren seltsam vorsichtigen Äußerungen, ihren halben und geflüsterten Andeutungen nicht klug werden. Eine alte Frau sagt plötzlich voller Überdruß: »Ach hört doch auf. Wir wissen alle nichts darüber.«

Eine andre erwidert: »Ja, das meine ich auch. Man soll die Toten ruhen lassen.«

Darauf erwidert eine männliche Stimme laut und voller Entschiedenheit: »Und die Lebenden auch.«

Alle Köpfe wenden sich in die Richtung, aus der die Worte gekommen sind. Jemand flüstert erschrocken: »Der Kommissar.«

Er steht in einiger Entfernung und ist damit beschäftigt, Kirschen zu kaufen. Niemand ist sicher, ob er es war, der die Worte gesprochen hat. Aber es entsteht eine tiefe Stille. Langsam und stumm schieben sich die Leute auseinander. Eine alte Marktfrau bekreuzigt sich und murmelt: »Gott bewahre uns vor Mißwachs, Dürre und den Versuchungen des Teufels.« Die Umstehenden wenden sich ihr bestürzt zu. Einen Augenblick später lacht jemand verärgert, und das Leben auf dem Markt nimmt seinen Fortgang.

Der Kommissar ißt seine Kirschen im Gehen. Die Kerne spuckt er nach einem bestimmten System in die Gegend: einen Kern rechts, den nächsten links; rechts auf die Bäume, links auf die steinernen Pfosten, die das Geländer um die Rasenplätze halten. Er trifft unfehlbar. Wer hinter ihm gegangen wäre, hätte vielleicht gelächelt über dieses heimliche Spiel eines Erwachsenen. Wer aber sein Gesicht hätte sehen können, wäre erschrocken. Nichts mehr von der melancholischen Schläfrigkeit, die es sonst zeigt. Es ist hart gespannt und finster.

Plötzlich legt er seine halbgeleerte Tüte auf eine Anlagenbank und läßt sie dort liegen. Er beschleunigt seine Schritte, er läuft beinahe.

Er ist nicht ganz sicher, ob die Gestalt, die er am Ende der Allee für kurze Zeit auftauchen sah, die kleine Rothaarige war. Aber er fühlt sich scharf alarmiert. Es scheint unsinnig, ihr nachzugehen, sie ist verschwunden, er hat ihre Spur verloren in dem Augenblick, in dem er sie gefunden hat. Aber er überläßt sich seinem Instinkt. Nach kurzem Zögern an der Wegkreuzung folgt er sicher und unbeirrbar wie ein Jagdhund einer unsichtbaren Fährte, die ihn durch fremde, abgelegene Straßen an den Rand der Stadt führt. Er findet sich in einer Gegend, die ihm unbekannt ist: eine Hügellandschaft aus Kiesgruben, Schutthalden und Schrotthaufen, baumlos und ohne Leben, im harten, heißen Licht trostlos hingebreitet. Der Kommissar kennt solche Gegenden als Stätten unaufgeklärter Verbrechen. In solchen Wüsten hört niemand das Schreien junger Mädchen. Leichen können spurlos verscharrt werden, und unter dem rostigen Eisenschrott wird Diebsgut aufs sicherste versteckt.

Weit draußen, ganz allein und ohne Weg, geht die kleine Gestalt. Nirgendwo liegt ein Haus, noch irgend etwas, das ihr Ziel sein könnte. Sie geht, als würde sie nie wieder zurückkehren.

Von Angst und Mitleid getrieben, beginnt er ihr nachzueilen. Aber sie hat einen zu großen Vorsprung. Von einem Schutthügel aus verfolgt er ihren Weg, bis ihn die mörderische Hitze einer Ohnmacht nahebringt. Mit einem gotteslästerlichen Fluch wendet er sich schließlich ab, um in die Stadt und in seine Wohnung zurückzugehen.

Die Putzfrau erwartet ihn an der Tür, seinen Mantel über dem Arm, den Hut in der Hand und den fertig gepackten Koffer bereitgestellt. »Allerhöchste Zeit zum Zug.«

»Ich fahre nicht. Sie können wieder auspacken.«

Sie starrt ihn fassungslos an. Sein Gesicht ist auf eine Weise verschlossen, die ihr Angst einflößt. Wortlos trägt sie den Koffer zurück. Der Kommissar hat sich an seinen Schreibtisch gesetzt. Er nimmt keine Notiz von ihr, er beschäftigt sich mit nichts, er schaut finster vor sich hin.

Einen ganzen Tag hat sich der Kommissar in seine Wohnung eingeschlossen. Am Morgen darauf erscheint er in seinem Büro, unerwartet und übernächtig. Niemand wagt, ihn anzusprechen. Später läßt er sich von seiner Sekretärin das Tagebuch zeigen. Ein Betrunkener hat randaliert, ein fremder Schirmflicker hat die Schirme gestohlen, ein kleiner Autounfall ist passiert – armselige Ernte, die einen ehrgeizigen Kommissar zur Verzweiflung bringen müßte. Dieser

hier nickt befriedigt. Dann fragt er in seiner verschla-
fenen Art: »Und was ist mit dem Schmuck?«

»Sie meinen den von Fräulein Grasset? Nichts Neues,
soviel ich weiß.«

Der Kommissar hat sich zum Fenster gedreht.

Sie wartet noch eine Weile, dann glaubt sie sich
schweigend entlassen. Aber der Kommissar ruft sie
zurück. Ohne sie anzusehen, fragt er:

»Und was denken Sie darüber?«

»Worüber, Herr Kommissar?«

»Über den Fall Grasset?«

Sie ist seit eineinhalb Jahrzehnten seine Sekretärin.
Noch nie hat er sie um ihre Meinung gefragt. Sie ist
bestürzt, sie wird sogar rot, sie möchte am liebsten
nicht antworten. Doch dieser Stimme, schläfrig, teilnahmslos und zwingend, bleibt niemand eine Antwort schuldig. Die Sekretärin ist an Vorsicht und
Schweigsamkeit gewöhnt.

»Ich glaube, Herr Kommissar, es ist kein ›Fall‹.
Die alte Dame ist, nach dem ärztlichen Protokoll,
an den Folgen eines Unglücksfalles gestorben. Und
was den Schmuck anlangt, der wird sich schon noch
finden.«

Er nickt, dann murmelt er: »Warum betonen Sie, daß
Fräulein Grasset ›an den Folgen eines Unglücksfalles‹
gestorben ist?«

Sie hat schon zuviel gesagt. »Nun, weil ich glaubte . . .
weil Ihre Frage darauf zu deuten schien, daß Sie annehmen, es könnte ein ›Fall‹ sein.«

Er spricht weiterhin zum Fenster. »Und Sie glauben,
ich wollte damit sagen, es handle sich um Tod durch
Gewalt.«

»Aber nein, Herr Kommissar, ich wollte nichts dergleichen sagen, ich . . .«

Er unterbricht sie, indem er sich plötzlich umdreht und sie schweigend ansieht. Sie senkt die Augen.

»Kann ich jetzt gehen?«

Er antwortet nicht auf ihre Frage, er fährt fort, sie anzusehen: »Sonderbar, daß Sie zu der Annahme kamen, es handle sich um Mord. Welche Anhaltspunkte haben Sie dafür?«

Sie fürchtet sich jetzt vor dieser Stimme, die ohne jeden Ausdruck ist.

»Gar keine, Herr Kommissar. Oder doch nur unzulängliche. Die Leute reden sehr viel.« Sehr leise fügt sie hinzu: »Aber warum fragen Sie mich? Sie wissen doch längst alles selbst.«

Er schüttelt den Kopf. »Das ist es eben, ich weiß nichts.«

Sie sieht ihn mißtrauisch an. Macht er sich lustig über sie? Er ist ihr unheimlicher denn je.

»Hören Sie«, beginnt er von neuem, »wenn Sie mir helfen können, so tun Sie es.«

»Ja gewiß, Herr Kommissar. Aber wie könnte ich das?«

»Haben Sie einen Verdacht?«

Sie ist aufs äußerste verwirrt. »Aber Herr Kommissar, wie dürfte ich . . .«

Sein Blick zwingt sie, sich selbst zu unterbrechen. »Ja«, sagt sie plötzlich, »ich habe einen Verdacht. Es kamen ja nur drei Personen mit der alten Dame zusammen. Der Notar, nun, der ist sicher unschuldig, und sonst die schwachsinnige Putzfrau und der Gärtner.«

»Und?«

»Und die kleine Karel.« Sie sagt es ganz leise.

»Aber«, fügt sie rasch hinzu, »die kommt nicht in Frage. Sie ist ja noch ein Kind. Und außerdem war sie zur Zeit des Todes der alten Dame gar nicht hier. – Nachweislich nicht hier«, fügt sie laut und mit unnatürlicher Betonung hinzu.

Er betrachtet sie kopfschüttelnd: »Woher wissen Sie denn das schon wieder?«

»Ach Gott, Herr Kommissar, die Stadt ist voll von dem Gerücht. Man spricht von nichts anderem mehr. Es ist schrecklich.«

Er wendet sich wieder dem Fenster zu, dann murmelt er: »Vielleicht hat dieses alte Fräulein doch den ihr natürlichen Tod gefunden.«

Sie versteht ihn nicht, darum schweigt sie abwartend. Aber er sagt nichts Erklärendes, er geht langsam hinaus. Schon auf der Schwelle, ruft er plötzlich wütend: »Vergessen Sie dieses Gespräch.«

Es scheint, als habe der Kommissar ganz umsonst seinen Urlaub verschoben. Nichts ereignet sich, was sein Bleiben nötig gemacht hätte.

Es ist ein überaus heißer Sommer. Das Obst fault auf dem Markt, die Alleebäume vergilben im Juli, und die Stadt erstickt im Staub. Der ›Fall Grasset‹ scheint keiner mehr zu sein, die Gerüchte schlafen.

Der Kommissar aber geht Morgen für Morgen in sein Büro. Kein Mensch weiß, was er dort arbeitet. Die Sekretärin darf niemand zu ihm vorlassen. Er ist ›in Urlaub‹. So klopft sie auch sehr zögernd, als ihn der

Amtsrichter zu sprechen wünscht. Er zeigt sich wie aus einem tiefen Traum gestört, finster und unwillig.

»Ist etwas geschehen?« fragt der Amtsrichter betroffen, aber der Kommissar überhört die Frage, und der Amtsrichter fühlt sich gezwungen, ohne Umschweife sofort von dem zu reden, was ihn eigentlich herführte.

»Der Schmuck hat sich noch immer nicht gefunden. Wir haben das Haus von oben bis unten durchsucht. Gemeldet hat sich auch niemand trotz der äußerst hohen Belohnung. Was soll ich tun?«

»Abwarten.«

»Ich bitte Sie: wie lange soll ich denn noch warten?«

Der Kommissar hebt langsam seine schweren Schultern und läßt sie wieder fallen. Der Amtsrichter ist verzweifelt. »Aber dieses Warten ist doch sinnlos. Ich bin überzeugt, daß der Schmuck gestohlen ist, und zwar von den im Testament erwähnten, aber nicht genannten Personen.«

»So? Glauben Sie?«

Der Amtsrichter sieht ihn rasch von der Seite an.

»Sie sind wohl auch meiner Meinung?«

»Nein.«

Die Schroffheit dieser Antwort kränkt den Amtsrichter. Er verstummt. Auch der Kommissar schweigt. Nach einer Weile erst fragt er in seinem gewohnten schläfrigen Ton: »Warum haben Sie eigentlich die Erben nie befragt?«

»Das habe ich getan, vor einigen Tagen.«

»Und?« Zum erstenmal zeigt der Kommissar eine Spur von Aufmerksamkeit.

»Nichts«, erwidert der Amtsrichter. »Die Unter-

71

redung ergab einfach nichts. Die kleine Karel sagt, die alte Dame, also ihre Großtante, habe ihr den Schmuck wohl einmal gezeigt, vor zwei Jahren etwa, und habe gesagt: ›Mit diesem Schmuck könnte ich deine Eltern wohlhabend machen, wenn ich wollte, aber ich will nicht.‹ Dann habe sie ihn wieder weggestellt. Seither war nie mehr davon die Rede. Und der Vater wußte überhaupt nichts. Kein Wunder bei dem schlechten Verhältnis der Verwandten. Sie wissen doch davon?«

Statt einer Antwort sagt der Kommissar: »Sie sind also Detektiv geworden, Herr Amtsrichter.« Ohne den verblüfften und mißtrauischen Blick des andern zu beachten, fährt er fort: »Dann können Sie mir wohl auch sagen, ob die kleine Karel oder ihr Vater den Schmuck beiseite gebracht hat.«

Jetzt ist der Amtsrichter völlig verwirrt. »Meinen Sie das im Ernst?«

»Ich frage Sie.«

»Aber nein. Hätten die beiden oder hätte eins dieser beiden von dem Versteck gewußt, so hätte die alte Dame sich im Testament nicht so geheimnisvoll ausgedrückt. Ich halte Ihren Verdacht, verzeihen Sie, für absurd.«

Es ist nicht ganz sicher, ob er richtig gehört hat: der Kommissar hat tief geatmet, es klang wie ein flüchtiger Seufzer der Erleichterung.

»Nun gut«, sagt der Kommissar mit plötzlicher Freundlichkeit, »dann wollen wir uns eine Frist von, sagen wir, zwei Wochen setzen, und dann weitere Schritte unternehmen, wenn nötig. Ist es Ihnen recht so?«

Diese überraschende Freundlichkeit macht den Amtsrichter argwöhnisch, er weiß nicht warum, aber er
unterdrückt sein Mißtrauen. Er ist froh, daß der
Kommissar sich endlich zum Handeln entschließt.

Nachdem der Kommissar drei Tage lang vergeblich
versucht hat, der kleinen Rothaarigen zu begegnen,
kreuzte sie plötzlich am Abend seinen Weg.
Drei Tage lang hatte er Zeit, sich einen Gesprächs-
beginn zu überlegen. Er hält ein scharf durchdachtes
System schwieriger und gefährlicher Fragen bereit.
Beim Anblick der Kleinen läßt er es fallen. Er weiß
jetzt, daß er weder List noch tückische Gewalt an-
wenden wird bei diesem Kind.
»Fräulein Karel«, sagt er ohne Umschweife, aus der
Dämmerung neben ihr auftauchend: »Ich muß mit
Ihnen sprechen.« Es kommt ihm seltsam vor, »Fräulein« und »Sie« zu sagen zu diesem kleinen verwilderten Geschöpf. Aber die Art, in der sie, nach einem
kurzen Erschrecken, statt einer Antwort den Kopf
hebt, um ihn frei anzusehen, ist die einer Erwachsenen. Er stellt sich ihr vor.
»Ich kenne Sie schon«, sagt sie einfach.
»Kann ich Sie ein Stück begleiten, um etwas mit Ihnen
zu besprechen?«
»Ja«, erwidert sie völlig ruhig, »aber ich wohne gleich
da vorne.« Gelassen setzt sie ihren Weg fort und wartet, bis der Kommissar das Gespräch eröffnet.
»Da Sie mich kennen, Fräulein Karel, wissen Sie auch,
welches mein Beruf ist.«

»Ja. Sie sind bei der Polizei.«

Er lächelt ein wenig, sie sieht es nicht. Dann sagt er: »Ich bin der Chef der Kriminalpolizei.«

Das späte Tageslicht und die schwache Helligkeit der Straßenlaternen genügten durchaus, um jedes Zucken im Gesicht der Kleinen zu verraten. Doch nichts davon. Sie blickt flüchtig und mit höflicher Teilnahmslosigkeit zu ihm auf. Ihr Benehmen verwirrt ihn. Nach kurzem Zögern entschließt er sich zum raschen Überfall: »Ich nehme an, Sie wissen, worüber ich mit Ihnen sprechen will.«

Sie sieht ihn offen an. »Sie werden mich fragen wollen, ob ich irgend etwas vom Tod meiner Großtante weiß.« Sie sagt es trocken und sachlich.

Er weiß nicht, was er von ihr halten soll. Er überläßt es ihr, weiterzusprechen. Aber er kann lange warten. Sie geht schweigend weiter. Schließlich ist er es, der das Gespräch fortführen muß: »Fräulein Karel, ich rechne sehr auf Ihre Hilfe. Ich möchte das Gerücht aus der Welt schaffen, das uns keine Ruhe läßt. Sie wissen, wovon ich spreche?«

Sie nickt.

»Und was halten Sie von diesem Gerücht?«

Ein kleines Zögern, dann aber kommt die Antwort völlig sicher: »Nichts. Ich halte nichts davon.« Und gleich darauf: »Hier bin ich zu Hause.«

»Einen Augenblick. Können wir noch weitersprechen? Aber wahrscheinlich dürfen Sie nicht so spät noch von zu Hause weg sein. Man wird sich sorgen um Sie.«

Sie stößt einen kurzen Laut aus, die Andeutung eines Gelächters, unkindlich bitter und traurig. Der Kommissar ist betroffen, und er beschließt, die Kleine nicht länger zu quälen. Er muß sie retten. Aber schon ist er nicht mehr Herr der Lage. Jede Frage, die sein Mitleid ihn stellen läßt, muß sie martern und zum Argwohn und Widerstand aufstacheln.

»Sie haben Sorgen«, murmelt er. »Die Krankheit Ihrer Mutter . . . schwierig für ein junges Mädchen.«

Wenn er gehofft hat, dieses herzliche Wort würde ihr die Zunge lösen, so sieht er sich getäuscht.

»Oh«, sagt sie nüchtern, »daran gewöhnt man sich. Alle Leute haben Sorgen.«

»Gewiß. Aber das Maß ist verschieden. Sie sind sehr tapfer.«

Zum erstenmal tritt ein Ausdruck in dieses kleine, verschlossene Gesicht. Es scheint fast, als kämpfe sie mit Tränen, aber sie hat sich vollkommen in der Gewalt.

»Ich?« sagt sie wegwerfend. »Wieso ich? Meine Mutter ist es, die tapfer ist.«

Jetzt täuscht er sich nicht: ihre Stimme klingt nach Tränen.

Arme Kleine. Er spricht es nicht aus, er tut auch nicht, was er tun möchte: er legt seinen Arm nicht um diese kindlich magern Schultern. Sein Mitleid macht ihn hilflos. Dieses neue, fremde Gefühl bringt ihn aus aller Fassung. Mit einer Stimme, deren beschwörende Wärme ihn selbst bestürzt, sagte er: »Ich bitte Sie, Vertrauen zu mir zu haben. Hören Sie, ich bitte Sie.«

Sie sieht rasch zu ihm auf. Ihr Blick drückt nichts aus als argwöhnische Aufmerksamkeit. Aber er läßt sich nicht beirren. »Wenn Sie etwas wissen vom Verbleib des Schmucks, so sagen Sie es mir jetzt. Ein Wort von

Ihnen kann uns allen viel Böses ersparen. Haben Sie keine Angst. Ich werde alles in Ordnung bringen.«

Die Kleine bleibt plötzlich stehen. In ihren Augen ist jetzt ein feindseliger Glanz. »Herr Kommissar, ich weiß nicht genau, was Sie von mir wollen. Aber ich glaube, Sie denken, ich verschweige etwas. Ich weiß selbst, daß es besser ist, der Polizei freiwillig ein Geständnis zu machen, wenn man schuldig ist. Aber was soll ich Ihnen sagen? Warum fragen Sie mich nicht geradezu, ob ich die Tante die Treppe hinuntergeworfen habe? Das ist es doch, was Sie von mir denken, nicht wahr?«

Sie sagt es ganz ruhig. Er hält den Atem an. Diesmal ist sie es, die weiterspricht: »Wir hätten das Geld der Tante brauchen können, wir sind arm. Aber wir haben nicht gewußt, ob wir die Erben sind. Was hätte es genutzt, die Tante umzubringen, wenn wir nicht wußten, ob ihr Tod uns helfen würde.«

Genau das hat sich der Kommissar schon viele Male gesagt, doch überzeugt es ihn nicht. Er murmelt: »Es gibt auch unüberlegte Handlungen. Im Zorn etwa.«

»Ja«, sagt die Kleine mit Überzeugung, »im Zorn hätte man sie gewiß manchmal umbringen mögen. Aber wer von uns hätte es tun sollen? Der Vater? Kennen Sie ihn?«

Statt zu antworten, fragt er gequält: »Und Sie?«

»Ich?« Sie bleibt völlig ruhig. »Ich war nicht da, als die Tante starb, ich war schon eine Woche vorher abgereist. Aber Sie fragen wohl nicht im Ernst.«

Er schweigt. Nach einer Weile erst sagt er leise: »Doch. Ich fragte Sie im Ernst. Und jetzt frage ich Sie noch etwas: wo ist der Schmuck?«

Diesmal zögert sie einen Augenblick länger als nötig, ehe sie antwortet: »Haben sich denn die Personen, von denen im Testament geredet wird, noch nicht gemeldet?«

»Nein«, sagt er, »und Sie wissen vermutlich, daß sich niemand melden wird.«

Er sagt es aufs Geratewohl. Sie blickt kurz zu ihm auf.

Der Kommissar bleibt stehen. »Hören Sie«, sagt er leise, »Sie brauchen mir nicht gleich zu antworten, überlegen Sie sich, was ich Ihnen sage: Da Sie ohnedies die Erbin sind, ist es für mich gleichgültig, ob Sie vorher den Schmuck genommen haben oder nicht. Und was die juristische Seite dieser Sache anlangt, so lassen Sie sie meine Sorge sein. Nur –« Er blickt verzweifelt auf sie herunter: »Nur reden müssen Sie, reden. Zu mir, und bald. Ein Zettel, in Maschinenschrift, anonym, mit der Angabe irgendeines Platzes, wo die Kassette zu finden ist, genügt. Und damit räumen wir diese ganze Geschichte aus der Welt. Ich warte darauf.«

Er streckt ihr seine Hand hin, und für einen Augenblick hält er die ihre. Sie ist heiß, und der Puls, den er wie unversehens befühlt, schlägt furchtbar rasch und hart. Dann entzieht sie sich ihm.

»Ich weiß nichts«, sagt sie ruhig und fest. »Mehr kann ich Ihnen nicht sagen.«

Dann geht sie fort, still und ohne Hast.

Der Kommissar bleibt stehen. Einige Zeit später hört er, daß sie zu laufen beginnt. Sie ist schon weit weg, und dennoch weiß er, daß es der harte Laut ihrer kleinen eisenbeschlagenen Sandalen ist, der in den leeren

nächtlichen Gassen widerhallt und dann plötzlich
verstummt.

Die Lichter im Haus sind erloschen. Da öffnet sich die
Tür, und Martha, unförmig dick in ihren vielen Rök-
ken, tritt auf die Schwelle. Dort bleibt sie eine Weile
lauschend stehen, und dann, obgleich nicht das leiseste
Geräusch zu hören ist, geht sie ohne Zögern auf ein
dorniges, von Brennesseln gesäumtes Buschgestrüpp
zu.
»Herzchen«, flüstert sie, »komm doch heraus. Warum
versteckst du dich vor deiner alten Martha?«
Keine Antwort.
»Kind, ich weiß doch, daß du da bist. Ich hab so
Angst gehabt um dich. Du bist mit einem Mann gegangen. Wer war das? Was hat er gewollt von dir?«
Kein andres Ohr als das ihre hätte den Seufzer ver-
nommen, der sich der Kleinen entringt. Behutsam
steckt die Alte zwischen Nesseln und Dornen hindurch ihre Hand wie jemand, der ein scheues verbor-
genes Tier greifen will. Ein winziges kratzendes Geräusch verrät, daß die Kleine tiefer in das Gebüsch
zurückkriecht.
»Kind«, flüstert die Alte, »was hab ich dir getan,
daß du mich hier stehen läßt wie ein Bettelweib vor
der verschlossenen Tür. Bist doch mein Alles. Ich bitte
dich, sprich nur ein einziges Wort zu deiner alten
Martha.«
Martha bleibt gebückt lauschend stehen. Nichts rührt
sich mehr im Gestrüpp. Die Alte seufzt. »Also gut,

wenn du nicht sprechen willst mit deiner Martha und wenn du lieber noch bleiben willst, dann bleib. Schau, ich geh jetzt hinauf und mach dir einen Tee mit Apfelschnaps, und dann bring ich dich zu Bett. Ich laß die Türen offen. Hörst du, mein Kind?«

Keine Antwort. Die Alte zieht sich ins Haus zurück. Eine Stunde oder mehr vergeht, bis ein kleiner bebender Schatten eilig und lautlos die Treppe hinaufhuscht.

Einige Tage nach dem Gespräch des Kommissars mit der kleinen Rothaarigen öffnet sich die Tür seines Büros, an der ein großes Schild angebracht ist: »Eintritt verboten. Anmeldung nebenan.«

Die Schwachsinnige tritt ohne weiteres ein und geht geradewegs auf den Schreibtisch des Kommissars zu.

»Der Schmuck«, sagt sie laut, dann blickt sie den Kommissar trotzig an.

»Nun«, sagt er freundlich, »das ist schön, daß Sie kommen. Nehmen Sie Platz.«

Sie schüttelt eigensinnig den Kopf. »Der Schmuck«, wiederholt sie. »Ich weiß ihn.« Sie ruft es wie eine Herausforderung.

»Ah«, sagt er, »das ist gut. Sie werden sich eine schöne Belohnung dafür abholen können.«

»Der Schmuck ist eingegraben.«

»So? Und wo denn?«

»Im leeren Brunnen hinter dem Haus.«

»Hinter dem Haus von Fräulein Grasset?«

Sie nickt eifrig.

»Können Sie mir die Stelle zeigen?«

»Glaub schon.«

»Hat Ihnen Fräulein Grasset gesagt, wo der Schmuck ist?«

Auf diese Frage ist sie nicht vorbereitet. Sie schaut ihn töricht an, dann dreht sie sich um und schickt sich an fortzugehen, so eilig, wie sie gekommen war.

»Einen Augenblick«, sagt der Kommissar und tritt ihr rasch in den Weg. »Warum kommen Sie erst heute?«

»Weiß nicht«, murmelt sie und will sich an ihm vorbei zur Tür drängen.

»Halt«, sagt er, »Sie können gleich gehen. Aber erst sagen Sie mir: wer schickt Sie zu mir?«

»Weiß nicht.« Damit schiebt sie ihn beiseite.

Hinter dem Haus der alten Französin ist zu einer Stunde, in der die Parkstraße ihren Mittagsschlaf hält, eine kleine Gruppe von Menschen versammelt. Alexandra, ihr Vater, der Amtsrichter und der Notar haben lange zu warten, bis der Kommissar mit der Schwachsinnigen und der Putzfrau ankommt. Die Schwachsinnige geht steif und bockig. Ihr Gesicht ist rot und geschwollen. Ihre Tante hält sie am Handgelenk fest wie in einem Schraubstock.

»Also, wo ist der Brunnen?« fragt die Putzfrau.

»Weiß nicht.«

»Du, wenn du die Herren zum Narren hältst . . .!«

Der Kommissar gibt dem Amtsrichter ein Zeichen.

»Da schau her«, sagt der Richter freundlich und

schwenkt einen Geldschein. Sie blickt gierig darauf, dann aber entreißt sie dem Amtsrichter den Schein und schleudert ihn weg.

Ein heftiger Stoß von der Hand ihrer Tante, wortlos gegeben und ohne Schmerzenslaut hingenommen, macht sie endlich gefügig. Stumm kriecht sie in ein niedriges Gebüsch aus Fliederschößlingen und biegt die Zweige beiseite.

Hier, mitten im Gestrüpp, liegt eine dicke Steinplatte, so schwer, daß ein Mann allein sie kaum heben kann. Karel versucht es als erster, aber selbst mit dem Amtsrichter zusammen gelingt es ihm nur, die Platte ein wenig von der Stelle zu rücken, nicht, sie zu heben.

Ein Blick des Kommissars streift Alexandra. Sie steht abseits, als ginge sie das alles nichts an. Ihr Gesicht ist müde, teilnahmslos und verschlossen. Noch ehe der Kommissar, der stärkste der drei Männer, den Stein vollends hebt, weiß er mit Sicherheit, daß der Schmuck hier nicht verborgen ist. Er befiehlt der Schwachsinnigen, das welke Laub herauszuholen, mit dem der Brunnenschacht bis zum Rand gefüllt ist. Sie gräbt, auf den Knien liegend, eifrig wie ein Tier, und niemand weiß, ob es Absicht oder Ungeschicklichkeit ist, wenn sie Laub, Moos und Sand den Umstehenden in die Augen wirft.

Der Schacht ist leer.

Der erste Laut, nach einigen Augenblicken der stummen Verblüffung, ist eine kräftige Ohrfeige der Putzfrau, von der Schwachsinnigen mit einem eigensinnigen Achselzucken quittiert.

Dann wenden sich alle Blicke ratlos dem Kommissar zu. Er lächelt. »Da haben wir uns schön an der Nase

81

herumführen lassen.« Niemand erwidert sein Lächeln.

»Verzeihen Sie, Herr Kommissar«, stammelt die Putzfrau. Sie ist außer sich und dunkelrot vor Scham. »Ins Gefängnis sollte man dich bringen«, ruft sie ihrer Nichte zu. Aber der Kommissar legt ihr die Hand auf die Schulter. »Macht nichts«, sagt er, »wir werden schon weiterkommen. Meine Herren, es tut mir leid, aber wir können nichts tun als nach Hause gehen.«

Die Schwachsinnige behält er zurück.

»Du hast uns nicht angelogen«, sagt er, »ich weiß. Der Schmuck war wirklich im Brunnen. Aber wer hat ihn herausgeholt?«

»Weiß nicht.«

»Hör zu: wenn ich eines Tages herausbekomme, daß du es gewußt und nicht gesagt hast, werde ich dich wirklich ins Gefängnis bringen lassen. Überleg dir das. Und jetzt geh.«

Sie läuft beleidigt fort. Ehe sie das Gartentor erreicht hat, ruft der Kommissar sie zurück. »Du kannst dem Fräulein, das dich geschickt hat, sagen, daß ihr beide keine Angst zu haben braucht.«

Sie schaut ihn stumpf und eigensinnig an.

»Geh«, murmelt er, »geh zum Teufel.«

»Ich habe noch in der Stadt zu tun«, sagt Karel auf dem Heimweg zu seiner Tochter. »Geh du nur nach Hause.«

Sie bleibt stumm an seiner Seite.

»Hörst du nicht?« Karels Stimme ist ungeduldig und

unsicher. Sie antwortet nicht, und er wagt es nicht noch einmal, sie fortzuschicken. An drei Kneipen ist er bereits vorbeigegangen. Er wirft scheue und gehässige Blicke auf seine Tochter. Ihr Schweigen macht ihn beklommen. Manchmal scheint es ihm, als verringere sich im Gehen der Abstand zwischen ihm und ihr so sehr, daß es aussieht, als dränge sie sich an ihn. Um irgend etwas zu sagen, murmelt er schließlich: »Diese Schmuckgeschichte ... Ich fange an zu glauben, sie ist erfunden worden von der Alten, um uns nach ihrem Tode noch zu ärgern und in Schach zu halten ...«

»Ach, hör doch auf damit«, sagt Alexandra leise. Sie gehen schweigend weiter. Plötzlich flüstert Karel: »Manchmal denke ich, du könntest mit einem Wort alles aufklären.«

Sie gibt mit keinem Laut und keiner Bewegung zu erkennen, ob sie ihn verstanden hat.

Schließlich bricht Karels Beherrschung kläglich zusammen. »Mir ist nicht gut«, murmelt er. »Ich glaube, ich muß etwas trinken.«

Stumm folgt sie ihm in die nächste Kneipe. Ihm ist jetzt alles gleichgültig. Er tut, als sei er allein. Er bestellt ein Glas Schnaps nach dem andern. Alexandra steht mit niedergeschlagenen Augen neben ihm an der Theke. Plötzlich, das volle Glas in der Hand, erinnert er sich seiner Tochter. »Da«, sagt er mit schwerer Zunge, »trink.« Sie sieht ihren Vater fest an und trinkt, ohne den Blick von ihm zu nehmen, das Glas in einem Zuge leer.

»Jetzt bleibt nur ein einziger Weg, Herr Kommissar«, sagt der Amtsrichter. »Wir nehmen also Diebstahl an . . .«

»Wer nimmt das an?« Die Stimme des Kommissars ist so scharf, daß der Amtsrichter zusammenzuckt.

»Ich denke«, sagt er verschüchtert, »wir waren einer Meinung? Oder habe ich mich getäuscht?«

»Gewiß.«

Der Amtsrichter ist verwirrt. »Aber was sollen wir sonst von dem Fall denken?«

»Nichts, ehe wir nicht lange genug gewartet haben.«

»Wir haben aber schon lange gewartet.«

»Nicht lange genug. Wer setzt Ihnen eine Frist?«

Der Amtsrichter ist leicht gekränkt, doch da er den ›großen Mann‹ braucht, bleibt er höflich. »Aber, gesetzt den Fall, es ist Diebstahl oder Raub, dann werden alle Spuren verwischt sein, wenn wir zu lange warten.«

Der Kommissar macht eine lässige Handbewegung. »Wir haben Morde aufgedeckt, die zehn Jahre alt waren und älter, das wissen Sie so gut wie ich.«

Der Amtsrichter wirft ihm einen raschen, gespannten Blick zu. »Morde, sagen Sie. Glauben Sie also doch . . .?«

Ein gelangweiltes Gähnen des Kommissars läßt ihn innehalten. »Aber meinen Sie nicht, wir sollten möglichst sofort eine Suchanzeige in die Zeitung setzen? Wir haben die genaue Beschreibung der Schmuckstücke. Ich möchte wetten, wir finden auf diese Weise eine Spur, die weiterführt als bis zur Schmuckkassette.«

»Tun Sie, was Sie wollen«, murmelt der Kommissar. »Sie wollen nicht auf mich hören.«

Der Amtsrichter ist betroffen von dem feindseligen, insgeheim drohenden Ton dieser Worte. »Nun gut, wenn Sie meinen, es sei unnötig . . . Ich füge mich natürlich der Einsicht eines erfahrenen Mannes.«

Der Kommissar nimmt keine Notiz davon. »Setzen Sie sie ruhig in die Zeitung, Ihre Anzeige«, wiederholt er müde. Sein Gesicht drückt jetzt eine so tiefe und verdrossene Erschöpfung aus, daß der Amtsrichter sich augenblicklich und mit dem Gefühl starken Unbehagens zurückzieht.

Martha, die noch immer eigensinnig und sorgenvoll in Karels Küche auf dem Fußboden nächtigt, in alte Decken und ihre Unterröcke gehüllt, hat einen leisen Schlaf. In Alexandras Kammer knarrt der Boden. Ein winziges Geräusch, doch anhaltend, so, als laufe ein kleines Tier rastlos hin und her.

Martha kriecht auf den Knien zur Wand und preßt ihr Ohr daran. Ohne Zweifel, es ist die Kleine, die mitten in der Nacht, auf bloßen Füßen, umherwandert.

Einige Augenblicke später steht Martha, trotz ihrer Fülle leicht, lautlos und im Dunkeln sicher, vor der Kammer der Kleinen.

»Herzchen«, flüstert sie, während sie unhörbar die Tür öffnet, »erschrick nicht. Ich bin's. Was ist dir denn, mein Kind?«

Die Kammer ist vom Licht einer Straßenlaterne schwach erhellt. Die Kleine, im Nachthemd, hält mitten in ihrem leisen rastlosen Lauf inne.

»Nichts ist mir. Ich kann nur nicht schlafen. Es ist so heiß. Geh du nur wieder hinüber.«

Martha hat die Tür vorsichtig hinter sich geschlossen.

»Nein, nein, mein Herzchen, so schickst du deine alte Martha nicht fort. Sie weiß ja genau, daß es dem Kind nicht gut geht. Komm her, komm.« Die Kleine rührt sich nicht von der Stelle.

»Zitterst ja«, sagt Martha. »Sagst, ›es ist so heiß‹, und zitterst dabei vor Kälte. Hab dich oft gewärmt, wie du klein warst; hab dich getragen auf meinen Armen, wenn du Angst gehabt hast vor Blitz und Donner und bösen Träumen.«

Alexandra duldet es schweigend, daß Martha einen ihrer vielen nach Mottenpulver riechenden Unterröcke aufhebt und wie einen Umhang um sie legt.

»Ich mach dir einen Baldriantee, dann wirst du schlafen wie ein Engel.«

»Martha«, sagt die Kleine unvermittelt, »der Mann, mit dem ich neulich gegangen bin, das war der Mordkommissar.«

»Still, sprich leise, sollen dich alle hören? Und was hat er gewollt von dir?«

»Er hat mich gefragt, ob ich den Schmuck habe und ob ich die Alte die Treppe hinuntergeworfen habe.«

»Hat er gefragt? So ein Dummkopf.«

Die Kleine macht sich aus der Umhüllung los. »Martha«, sagt sie, ohne ihre Stimme besonders zu dämpfen, »ich glaube, er weiß alles.«

»Alles? Wovon sprichst du? Was ›alles‹ soll er wissen? Ich versteh kein Wort.«

»Ach, hör auf mit diesem Theater. Wir sind doch allein. Sag mir lieber, was ich tun soll. Am liebsten . .«

Martha legt ihr die Hand auf die Stirn. »Du hast Fieber, Kind, Fieber. Hast einen bösen Fiebertraum. Erzähl mir deinen schlimmen Traum.«
Die Kleine schiebt ihre Hand weg. »Laß das, Martha. Mit mir kannst du solche Geschichten nicht mehr machen. Ich habe ein gutes Gedächtnis.«
»Heiliger Gott. Du machst mir Angst. Ich kann dich nicht verstehen.«
Die Kleine starrt sie wild an. »Ich rede nicht irr, du weißt es genau.«
»Still, still. Bist laut wie eine Elster. Jetzt folgst du schön deiner alten Martha und legst dich ins Bett. Ich setz mich zu dir wie damals, als du klein warst.«
Alexandra blickt verwirrt um sich. »Martha«, flüstert sie, »du meinst es gut mit mir, du willst mir helfen. Aber es ist zu spät.«
Martha legt ihr die Hand auf den Mund. »Bist krank, Kind, glaub mir. Innen bist du krank. Hast zuviel Trauriges gesehen, das macht krank. Wir werden morgen eine Kerze opfern bei der Heiligen Muttergottes, daß dir die bösen Träume vergehen.«
Mit einer raschen und weichen Bewegung hebt sie die Kleine hoch und wiegt sie in ihren Armen wie ein Kind. Alexandra wehrt sich nicht mehr. Sie ist eingeschlafen, als Martha sie schließlich behutsam in ihr Bett legt.

Drei ganz kurze Schläge, nach einer Pause zwei und wieder nach einer Pause ein einziger Schlag: das Klopfzeichen der Putzfrau an der Tür des Kommis-

sars. Das gewohnte Zeichen zu ungewöhnlicher Zeit
– spät abends, in der Dunkelheit – und in ungewohnter Art: nicht leise und gleichmäßig, sondern hart und
ungestüm.

Der Kommissár öffnet sofort. Die Frau, atemlos und
außer sich, vermag nicht sofort zu sprechen. Stumm
streckt sie ihm ihre Hand entgegen, in der sie zerknitterte Geldscheine hält. Er schaut verständnislos
darauf, doch stellt er keine Frage. Er schiebt ihr einen
Stuhl hin, und sie, die sonst in seiner Gegenwart niemals wagt, sich zu setzen, läßt sich augenblicklich fallen.

»Das Geld«, flüstert sie, »ich habe es bei meiner
Nichte gefunden. Was soll ich tun? Vielleicht hat sie
es bei der alten Französin gestohlen, vielleicht auch
nicht. Da, nehmen Sie es. Ich will nichts damit zu tun
haben.«

Er nimmt es, legt es auf den Tisch und schaut die
Frau schweigend an. Sie ringt die Hände. »Die
Schande . . .« Er läßt sie eine Weile klagen, dann stellt
er endlich eine Frage: »Und wenn sie es gestohlen
hätte, warum erzählen Sie das mir? Ist das nötig? Ist
sie nicht Ihre Nichte?«

»Warum ich es Ihnen erzähle?« Sie steht mit sonderbarer Feierlichkeit auf. »Weil ich glaube, Herr Kommissar, daß das eine Spur ist.«

»Eine Spur wohin?« Sie senkt die Augen, um ihren
Triumph zu verbergen. »Sie haben mich doch verstanden, Herr Kommissar.«

Er schüttelt den Kopf. »Kein Wort.«

Den Blick auf den Boden geheftet, versucht sie, ihre
Gedanken so in Worte zu fassen, daß er sie verstehen

muß, ohne daß sie zuviel sagt. Sein kalter Blick verwirrt sie.

»Ich glaube, daß meine Nichte das Geld nicht gestohlen hat, sondern daß sie es von jemand bekommen hat, aber nicht von Fräulein Grasset, wie sie sagt.«

Sie sieht ihn flüchtig an, aber er zeigt nicht die geringste Neugierde. Unsicher fährt sie fort: »Mit Geld kann man manchen Mund stopfen, der sonst reden würde.«

Da er noch immer nichts sagt, fährt sie ängstlich fort: »Aber wenn es so wäre, dann hätten doch Sie selbst . . .« Sie unterbricht sich, um plötzlich verzweifelt zu rufen: »Außer meiner Nichte waren nur zwei Leute bei der alten Französin: der Gärtner und die kleine Karel. Da muß doch die Spur liegen.«

Sie schweigt erschöpft und blickt den Kommissar demütig an, aber in ihren Augen glimmt ein düsteres Feuer.

Endlich öffnet der Kommissar den Mund. »Sie wollen also, daß ich Ihre Nichte, den Gärtner und die kleine Karel verdächtige. Haben Sie sich genau überlegt, welche Folgen das haben kann, auch für Sie?«

»Herr Kommissar«, erwidert sie, »man muß das Unrecht aufdecken, wo man es findet.«

»Selbst wenn dabei Menschen nutzlos gefährdet werden?«

»Man gefährdet die einen und rettet die andern«, sagt sie hartnäckig.

Er sieht sie kopfschüttelnd an, dann sagt er langsam:

»Behalten Sie Ihre Meinung für sich und«, jetzt wird sein Blick scharf, »hüten Sie sich vor derartigen Einfällen. Es gibt auch Gedankensünden, und sie sind die schwersten, man kann sie nicht mehr gutmachen.« Sie schaut ihn verständnislos an. »Aber muß man es nicht melden, wenn man einen Verdacht hat?« Er wendet sich ab. »Nein, zum Teufel«, sagt er leise, »man muß es nicht.«

Er bleibt abgewandt stehen. Die Frau schaut verstört auf seinen regungslosen Rücken. Sie wartet lange und vergeblich auf ein abschließendes Wort, dann zieht sie sich vernichtet zurück.

Am Morgen, sehr früh, klingelt das Telefon des Kommissars. Seine Nummer ist geheim, der Anruf kann nur von einer Dienststelle kommen.

Eine kurze Meldung: ein kleiner Antiquitätenhändler ist tot aufgefunden worden. Ein Bauer, der als erster morgens mit seinem Gemüsewagen in die Stadt kam, hat ihn am Fensterkreuz hängen sehen.

»Das ist sehr bedauerlich«, sagt der Kommissar, »aber weshalb erzählen Sie das mir, wenn kein Zweifel darüber besteht, daß es sich um Selbstmord handelt?« Die Antwort bewirkt eine seltsame Veränderung in seinem Gesicht: es entspannt sich, es wird beinahe heiter; und ihm, der sich niemals sonst eine unkontrollierte Bewegung erlaubt, entringt sich unversehens ein Seufzer der Erleichterung, so tief und stark, daß der andre fragt: »Was haben Sie gesagt?«

»Nichts«, antwortet der Kommissar. »Und Sie sind ganz sicher, daß es Stücke aus dem Grasset-Schmuck sind? Ganz sicher?«

Auch auf diese Frage kommt eine Antwort, die ihn befriedigt. Mit ungewohnter Höflichkeit, die beinahe Herzlichkeit ist, dankt er für den Anruf.

Als zwei Stunden später seine Putzfrau kommt, hört sie ihn, auf und ab gehend, fröhlich pfeifen. Sie bleibt mit offenem Mund stehen. Langsam mischt sich in ihr Erstaunen Besorgnis. Ihr Ohr ist scharf genug, um zu hören, daß diese Fröhlichkeit ein wenig verbissen ist und nicht ganz rein.

Der Kommissar hat die Wahl, entweder in die Wohnung der kleinen Karel zu gehen oder stundenlang in der Stadt nach ihr zu suchen. Doch sie läuft ihm schon nach kurzer Zeit über den Weg. Es ist früh am Tag. Noch tropft der Tau schwer von den Bäumen, und in den schattigen Gassen ist das Pflaster naß.

Alexandra ist bereits auf dem Heimweg. Ihr Haar ist wirr und feucht, ihre Schuhe sind dunkel vor Nässe, und ihr Kleid ist zerknittert. Sie läuft wie eine streunende Katze mit gesenktem Kopf dicht an der Hausmauer entlang. Sie sieht nicht, wem sie begegnet.

Als der Kommissar sie anspricht, erschrickt sie, doch weit weniger als zu erwarten war. Ihre Augen sind stumpf wie die einer Blinden, und obgleich sie sofort um Haltung bemüht ist, sieht der Kommissar, daß sie vor Müdigkeit schwankt.

»So früh schon beginnt Ihr Tag?« sagt er freundlich. »Haben Sie nicht Ferien? Da schläft man doch morgens lange.«

Sie schaut ihn müde an, ohne zu antworten.

»Ich habe Sie gesucht«, fährt er fort, »denn ich habe
Ihnen etwas zu erzählen, das Ihnen eine Erleichte-
rung bringen wird. Und mir auch.«
Ihre Augen bleiben ausdruckslos. Ein kühler Wind-
hauch streift sie, und sie schauert zusammen.
»Sie frieren«, sagt er. »Wollen wir zusammen einen
heißen Kaffee trinken dort drinnen?«
Sie schüttelt heftig den Kopf. »Da kennt man mich.«
»Und dort in dem Café?«
»Da auch.«
»Und was schadet es?«
Sie zuckt die Achseln.
»Also, kommen Sie.«
Sie friert jetzt so, daß ihre Zähne leise aufeinander-
schlagen. Für kurze Zeit ist sie willenlos. Wie ein
scheues, ergebenes Tier folgt sie ihm dicht auf den
Fersen in das nächste Gasthaus. Einen Augenblick
lang hat er das Gefühl, als dränge sie sich an ihn. Er
glaubt die Kälte ihres kleinen zitternden Körpers
durch den Stoff seiner Jacke zu spüren. Aber ihr Ge-
sicht ist so abweisend, daß er annehmen muß, es sei
Zufall oder Täuschung gewesen.
Während sie auf den Kaffee warten, bringt er seine
Nachricht vor: »Zwei Stücke Ihres Schmucks sind gefunden worden, und der Mann, bei dem man sie fand,
ist tot. Er hat sich erhängt.«
»Ich weiß«, sagt sie leise und erschöpft, und als er sie
verblüfft ansieht, entschließt sie sich hinzuzufügen:
»Die halbe Stadt weiß es schon. Man spricht überall
darüber.«
Er betrachtet sie mit sorgenvoller Neugier: »Sie
scheinen nicht zu begreifen, was das für Sie bedeutet.«

92

»Doch«, murmelt sie, »ich glaube schon.« Aber der heiße Kaffee, der in diesem Augenblick gebracht wird, ist ihr jetzt wichtiger als alles andre. Sie trinkt ihn rasch und gierig. Das Brot, das der Kommissar für sie bestellt hat, schiebt sie beiseite, dann sieht sie ihn schweigend an.

»Ich hoffe«, sagt er sanft, »Sie und ich haben uns von jetzt an nichts Unangenehmes mehr zu sagen. Es sieht ganz so aus, als hätte es das Schicksal gnädig mit Ihnen gemeint. Ein Selbstmord, mit dem gesuchten Schmuck zusammenhängend, dürfte genügen, Sie völlig zu entlasten, es sei denn, Sie würden als Helferin des Toten entlarvt. Aber ich glaube, daß die Spuren, die wir finden werden, nicht zu Ihnen laufen. Ich hoffe, wir werden sehr bald Ruhe haben in dieser Angelegenheit.«

Sie hat ihn unentwegt angesehen. Was für ein Blick. Man könnte ihn verstockt und hinterhältig, ja bösartig nennen, wäre er nicht so müde und traurig. So aber kann es nur die äußerste Verzweiflung sein, was aus ihm spricht. Obgleich ihr Körper jetzt durch den heißen Kaffee erwärmt ist, scheint sie noch immer zu frieren.

»Gehen Sie heim«, sagt der Kommissar, »gehen Sie rasch heim und legen Sie sich zu Bett. Schlafen Sie und vergessen Sie, was gewesen ist. Sie sind jung genug. Ihr Leben fängt mit diesem Sonnenaufgang von neuem an. Was vorher war, ist nichts als ein Traum.«

Er sieht sie mit stiller Eindringlichkeit an. »Ich denke, Sie haben mich verstanden.«

Die Kleine sitzt wie gelähmt.

»Gehen Sie heim«, wiederholt er. Seine Stimme hat jetzt jenen ebenso sanften wie entschiedenen Klang, dem sich niemand widersetzen kann.

Der Amtsrichter ist atemlos. Er fällt in wilder Hast dem Kommissar beinahe über die Schwelle ins Büro.
»Diese verfluchte Geschichte, diese gottverfluchte Grasset-Geschichte . . .«
Der Kommissar betrachtet ihn mit leisem Spott.
Der Amtsrichter wischt sich mit dem Handrücken den Schweiß von der Stirn. »Ein Volksauflauf vor dem Haus des Erhängten! Die reine Meuterei. Gerüchte, Streit, Anschuldigungen. Ein Hexensabbat.«
»Nun, nun«, sagt der Kommissar beruhigend, »setzen Sie sich. Hier, trinken Sie. Es ist ein sehr guter Kirsch.«
Doch der Amtsrichter hat jetzt keinen Sinn für die ihm ohnehin verdächtige Freundlichkeit des Kommissars. »Hören Sie«, fährt er aufgeregt fort, »wir werden mit dieser Geschichte noch Unangenehmes genug erleben. Glauben Sie mir. Die Bevölkerung nimmt teil daran. Das ist immer schlecht.«
»Und was sagt die Bevölkerung?«
»Sie ist geteilter Meinung. Die einen glauben an Selbstmord, die andern nicht. Und die, die an Selbstmord glauben, sind wieder geteilter Meinung. Die einen sagen, der Mann hat sich erhängt, weil er den Grasset-Schmuck gestohlen oder als Diebsgut angekauft hat und sich jetzt entdeckt glaubte. Die andern sagen, daß er ja von keinem Menschen beschuldigt

oder auch nur verdächtigt war und daß der Selbstmord einen andern Grund haben müßte.«

»Und die, die nicht an Selbstmord glauben?«

»Die sagen – aber das sind wenige, und sie sagen es leise: daß jemand den Mann aus dem Leben geräumt hat, weil er zuviel wußte von der Geschichte.«

Der Kommissar nickt freundlich. »Ah«, sagt er, »auch eine Möglichkeit. Wie klug die Leute sind, nicht wahr?«

Der Amtsrichter sieht ihn schief an. »Ich glaube, wir müssen die Sache ernst nehmen.«

»Sehr ernst«, erwidert der Kommissar gelassen.

Seine freundliche Teilnahmslosigkeit verstört den Amtsrichter. »Ich begreife Sie nicht. Wenn Sie gesehen hätten, was ich gesehen habe ... Wie die Leute sich aufeinander gestürzt haben ... Ich stand auf einer Haustreppe, ich sah es von oben, es war fürchterlich. Die Gasse sah aus wie ein Wildbach mit tiefen Strudeln. Die Leute arbeiteten fast stumm. Es war gespenstisch. Es dauerte nur wenige Minuten. Dann ließen sie plötzlich voneinander ab wie ermattet, aber sie standen wie eine Mauer. Ich kam erst jetzt durch.«

»Ja«, sagte der Kommissar, »es war seltsam.«

Der andre starrt ihn an. »Woher wissen Sie?«

»Ich war dabei.«

»Und da lassen Sie mich diese Geschichte erzählen?«

»Vier Augen sehen mehr als zwei. Alte Erfahrung.«

Der Amtsrichter blickt voll wachsender Furcht auf ihn. »Was sollen wir jetzt tun«, murmelt er, »irgend etwas müssen wir tun. Die Leute ...«

»Die Leute!« Der Kommissar unterbricht ihn. »Die

Leute, sie brauchen ihre Gerüchte. Sie werden sie wieder vergessen. Das Gras wächst rasch über solchen Ereignissen.«

»Ich wollte, Sie hätten recht«, flüstert der Amtsrichter. »Aber ich weiß nicht ... Die Geschichte gefällt mir nicht ...«

»Was wollen Sie«, fragt der Kommissar. »Der Selbstmord ist einwandfrei festgestellt. Die Schmuckstücke ...«

»Zwei davon.«

»Also gut: die zwei Stücke des Grasset-Schmucks sind sichergestellt, sie stimmen haargenau mit der Beschreibung im Testament überein. Mehr können wir nicht tun. Setzen Sie meinetwegen eine neue Suchanzeige in die Zeitung. Im übrigen fahre ich morgen in Urlaub. Endlich. Ja. Ich hoffe, Sie haben Ruhe, bis ich zurückkomme.«

»Ich wollte, wir hätten beide für alle Zeit Ruhe vor dieser Geschichte.«

Ohne es zu wissen, zieht der Amtsrichter seine Schultern hoch, als sei ihm plötzlich kalt.

»Sie können meine Koffer packen. Wäsche für zwei Wochen. Ich verreise heute abend.«

Die Putzfrau, auf den Knien das Parkett abziehend, schaut erstaunt zu ihrem Herrn auf, der sich die Hände reibt wie ein Bauer, der ein gutes Geschäft gemacht hat. »Ich fahre in Urlaub.«

»In Urlaub?« Die Putzfrau, steif vom Knien, steht langsam auf. »Jetzt gehen Sie fort?«

»Warum nicht?«

»Ich sagte nur so. Ich meinte nichts Bestimmtes.«

»So? Sonst meinen Sie immer etwas Bestimmtes. Also: heraus mit der Sprache.«

»Wirklich, Herr Kommissar, verzeihen Sie . . .«

Er schaut sie mit freundlicher Strenge an, regungslos, bis sie schließlich verlegen murmelt: »Ich dachte an die Schmuckgeschichte, und weil doch die Leute wieder anfingen zu reden . . . Sie wissen ja selbst.«

Jetzt legt er ihr seine Hand auf die Schulter. »Diesmal kann ich wirklich reisen. Zwischen gestern und heute hat sich etwas ereignet, wovon Sie nichts wissen, obwohl Sie beinahe dabei waren, als es sich ereignet hat.«

Sie wird rot, als sie ihn unterbricht: »Der alte Herr, der gestern zu Ihnen kam?«

»Es war ein Notar, der kam, um mir zu sagen, daß ihm die Grasset-Geschichte erst jetzt zu Ohren gekommen sei, er war verreist, und daß er einiges darüber wisse. Der Erhängte sei, wie ihm die alte Dame selbst berichtet hat, in ihrem Haus gewesen, um den Schmuck zu schätzen.«

Die Putzfrau stößt einen leisen Pfiff durch die Zähne aus. »Ach, und da hat er den Schmuck . . .«

»Langsam. Er hat dabei versucht, ein paar besonders alte, wertvolle Stücke zu kaufen. Aber die alte Dame wollte nicht.«

»Da hat er sie . . .«

»So warten Sie doch! Er kam dreimal wieder, so versessen war er auf den Schmuck, und beim drittenmal warf ihn die alte Dame kurzerhand hinaus. Was sagen Sie jetzt?«

»Ich weiß nicht: soll das ein Beweis sein?«

Er wendet sich rasch ab. »Es ist ein Beweis. Es ist genau so viel Beweis, wie wir brauchen. Und jetzt rasch, fangen Sie an zu packen. Ich gehe nochmal ins Büro, bin aber bald wieder zurück.«

Sie schaut ihm kopfschüttelnd nach.

ZWEITES BUCH

Auf der Bank vor dem Büro des Kommissars sitzen zwei Gestalten: ein hagerer Alter und, von ihm mit hartem Griff am Handgelenk festgehalten, ein halbwüchsiger Bursche, noch fast ein Kind. Der Kommissar kennt weder den einen noch den andern, aber er zweifelt keinen Augenblick daran, daß sie auf ihn warten. Mögen sie warten, bis sie verhungern. Er geht rasch an ihnen vorbei, ohne auch nur einen Blick auf sie zu werfen. Vergeblich. Der Alte hat ihn erkannt. Im Aufspringen reißt er den Jungen grob mit sich hoch.

»Herr Kommissar!«

Was für eine knöcherne Greisenstimme.

Der Kommissar bleibt stehen. Sein Gesicht spannt sich. Im nächsten Augenblick aber nimmt es einen Ausdruck wütender Ergebenheit an, der der Verzweiflung gleicht.

»Was gibt's?«

»Der da soll es Ihnen selber sagen.« Damit schiebt der Alte seinen Gefangenen dicht vor den Kommissar, ohne jedoch seinen harten Griff zu lockern, dem der Junge vergeblich sich zu entwinden versucht, während er dem Kommissar offen und wild ins Gesicht blickt. Seine freie Hand hält er, zur Faust geballt, auf die magere Brust gepreßt.

Der Kommissar betrachtet die beiden eine Weile stumm, dann befreit er den Jungen mit einem einzigen Handgriff.

»Zeig her, was du hast.«

Der Junge öffnet sofort seine vom Kampf geschwollene Faust und zeigt auf der Handfläche einen Ring.

Der Alte, hoch aufgereckt, deutet mit seinem langen dünnen Finger stumm darauf.

»Was wollen Sie?« Die Stimme des Kommissars klingt eisig, doch der Alte läßt sich nicht im mindesten verschüchtern.

»Was ich will? Der Polizei helfen, das Böse auszurotten. Haben Sie mich verstanden?«

Der Kommissar weicht unwillkürlich einen Schritt zurück vor dem harten fahlen Gesicht dieses Alten.

»Nein«, sagt er mit einer strengen Verachtung, die jeden andern tief verwirrt und in die Flucht geschlagen hätte. »Nein. Ich verstehe Sie nicht, und ich habe keine Zeit, Ihre Rätsel zu lösen. Sprechen Sie kurz und klar oder gar nicht.«

»Gut«, sagt der Alte mit böser Trockenheit. »Ich spreche kurz und klar. In dieser Stadt ist ein Mord geschehen, und man will ihn vertuschen.«

»Weiter.«

»Es wird nicht gelingen. Überall sind Spuren. Kennen Sie den Ring?«

»Nein.«

»Sie kennen ihn. Er ist ein Stück des Grasset-Schmucks. Genügt Ihnen das?«

»Wer sind Sie?«

»Der Großonkel dieses kleinen Diebes, der behauptet, den Ring geschenkt bekommen zu haben. Geschenkt oder gestohlen: er weiß mehr, als er sagt. Fragen Sie ihn, aber ich sage Ihnen: er lügt und leugnet. Doch wird er einmal schwach werden und reden. Es ist Ihre Pflicht, ihn dazu zu bringen. Ich gehe.«

Übergroß aufgereckt, mit steifen Greisenschritten verläßt er das Büro. Der Junge wirft ihm einen langen, haßerfüllten Blick nach. Der Kommissar dreht ihn sanft zu sich: »Komm. Setz dich. Jetzt kannst du in aller Ruhe reden.«

Der Junge bleibt trotzig stehen. »Was soll ich sagen? Sie werden mir doch nicht glauben. Er hat gesagt, ich lüge.«

»Ich werde dir glauben. Setz dich.«

»Das sagen Sie jetzt, und wenn ich Ihnen alles erzählt habe, dann nützen Sie es aus.«

Der Kommissar ist versucht, dem Jungen über das kurz geschorene, borstige Haar zu streichen. Aber er begnügt sich damit zu sagen: »Ich zwinge dich nicht. Du kannst reden oder schweigen.«

Was für ein unkindlich bitteres Lachen. »Und wenn ich schweige, was dann? Dann wird mich ein andrer fragen. Einmal muß ich es sagen. Es bleibt sich gleich.«

Er öffnet zum zweitenmal seine Hand, in die der Ring eine tiefe, blutunterlaufene Spur gedrückt hat.

»Ich habe den Ring da geschenkt bekommen, aber ich kann Ihnen nicht sagen von wem, weil ich es nicht weiß. Es war dunkel, aber an der Stimme habe ich erkannt, daß es ein Mädchen war. Es sagte: ›Da, weil du so arm bist; kauf dir was dafür.‹ Das ist alles.«

Der Kommissar nickt. »Warum soll ich dir das nicht glauben?«

Der Junge zuckt die Achseln. »Ich würde es nicht glauben, wenn mir einer so etwas erzählte.«

»Und warum hast du den Ring nicht verkauft?«

Der Junge wird glühendrot, und plötzlich füllen sich seine Augen mit Tränen. Er wendet sich wütend ab.

Der Kommissar macht sich an seinem Schreibtisch zu schaffen. Dann fragt er leise:

»Würdest du die Stimme wiedererkennen?«

»Ja. Aber ich würde sie Ihnen nicht verraten.«

»Auch nicht, wenn du damit viel Unheil abwenden könntest?«

Erst nach einer langen Pause kommt die Antwort, leise, doch bestimmt. »Auch dann nicht. Lieber würde ich mich . . .«

»Still«, sagt der Kommissar, »keine Indianerschwüre, sie sind unnötig. Ich stelle keine Frage mehr an dich. Du hast nichts verraten.«

Plötzlich wird der Junge blaß. Seine Augen weiten sich vor Entsetzen. »Habe ich . . .«

Der Kommissar unterbricht ihn sanft: »Ich sage dir doch, du hast nichts verraten.«

Aber der Junge blickt ihn voll wild aufflammender Feindseligkeit an. »Sie haben mich gefangen. Sie wissen jetzt alles. Ich habe nichts gesagt, und doch haben Sie alles erraten, was ich nicht weiß. Ich sehe es Ihnen an.« Er stampft mit dem Fuß. »Wie gemein Sie sind. So freundlich und so hinterhältig.«

Seine Stimme erstickt in zornigen Tränen.

»Du tust mir unrecht«, sagt der Kommissar. »Ich habe dir vertraut. Warum vertraust du nicht mir?«

Aber der Junge hört nicht mehr auf ihn. Er stürzt schluchzend an ihm vorbei zur Tür.

Der Kommissar macht keinen Versuch, ihn zurückzuhalten.

Ein langhin hallender Pfiff am Abend, und der letzte Zug rollt aus dem Bahnhof. Jetzt erst verläßt der Kommissar sein Büro. Auf dem Flur begegnet ihm der Wachtmeister. Er starrt den Kommissar entgeistert an, und ehe er sich seiner Kühnheit bewußt wird, entfährt ihm die Frage: »Sind Sie krank, Herr Kommissar?« Er bekommt keine Antwort außer einem abwesenden »Schönen Sonntag«.

»Danke«, erwidert der Wachtmeister und fügt schüchtern hinzu: »Schönen Urlaub.«

Auf der schlecht beleuchteten steinernen Treppe vor dem Polizeigebäude stößt der Kommissar an eine kauernde Gestalt, die er in der Dunkelheit für einen der Pfosten gehalten hat, dazu angebracht, die schwere eiserne Kette zu halten, die statt eines Geländers die Treppe einfaßt. Einen Augenblick später hebt sich ein blasses Knabengesicht zu ihm auf. Im fahlen Licht der Straßenbeleuchtung erscheint es wie aus Stein.

»Noch immer da?«

Der Junge antwortet nicht, er fährt fort, den Kommissar anzusehen.

»Wartest du auf mich?«

Keine Antwort.

»Du willst mir etwas sagen.«

Der Junge schluckt. Deutlich bewegt sich der Adamsapfel an seinem kindlich mageren Hals auf und ab, lang ehe das erste Wort kommt, so leise, daß der Kommissar es nicht versteht.

»Was sagst du?«

Diesmal bricht dem Jungen die Stimme so heftig und rauh aus der Kehle, daß sie sich überschlägt:

»Ich habe ihn umgebracht.«

Der Kommissar legt ihm die Hand auf den Mund.

»Still, mein Junge.« Wie beruhigend diese gefürchtete Stimme sein kann. »Komm, steh auf und erzähle mir, was geschehen ist. Aber sprich leise.«

Der Junge steht gehorsam auf. »Ich habe ihn umgebracht«, wiederholt er ausdruckslos.

Der Kommissar hebt das magere Gesichtchen hoch.

»Wie hast du es gemacht?«

Die Antwort kommt furchtlos, fast gleichgültig.

»Ich habe Steine nach ihm geworfen. Einer hat ihn am Kopf getroffen.«

»Und woher weißt du, daß er tot ist?«

»Er fiel um und rührte sich nicht mehr.«

»Zeig mir den Ort.«

Ein endloser Weg durch finstere Anlagen, an einem faulig riechenden Kanal entlang, bis der Junge stehenbleibt und auf eine Lücke in einer alten Gartenmauer deutet.

»Dahinter ist der Hof seines Hauses. Da liegt er.«

Der Kommissar watet durch eine Wildnis hoher Brennesseln und zwängt sich durch die Mauerlücke. Dann winkt er den Jungen zu sich.

»Schau, was du siehst.«

Aus einem Fenster fällt ein schmaler schwacher Streifen Licht. Der Hof ist leer.

»Man hat ihn schon weggeschafft«, flüstert der Junge.

»Oder«, antwortet der Kommissar, »oder er ist selbst weggegangen.«

Der Junge schüttelt heftig den Kopf.

»Er ist tot.«

»Höre«, sagt der Kommissar, »wo sind deine Eltern?«

»Tot.«

»Du wohnst allein mit deinem Großonkel hier?«

»Es ist noch eine Tante da.«

»Hast du ihr auch schon den Tod gewünscht?«

»Sie ist taub.«

»Ich habe dich etwas gefragt.«

Eine Pause. Dann sagt der Junge laut und leidenschaftlich: »Ich habe ihn wirklich umgebracht.«

»Komm«, sagt der Kommissar sanft, »wir gehen jetzt zusammen ins Haus. Du wirst sehen . . .«

»Nein.« Das ist eine zum Äußersten entschlossene Stimme. »Nein. Ich gehe nicht mehr ins Haus. Und von Ihnen will ich auch nichts. Sie können mich verhaften, wenn Sie wollen.«

»Laß diesen Unsinn. Hör mir zu: ich werde ihm sagen, du warst die ganze Zeit bei mir. Er wird nicht auf den Gedanken kommen, daß du den Stein nach ihm geworfen hast. Das werde ich für dich tun. Und du wirst dafür auch etwas für mich tun: du wirst mir versprechen, so lange bei ihm zu bleiben, bis ich dich von hier wegholen kann, und du wirst bis dahin nicht mehr versuchen . . .«

Der Kommissar spricht ins Leere. Ehe er den Jungen festhalten konnte, ist er, beinahe lautlos, im Dunkeln verschwunden. Das scharfe Licht der Taschenlampe, das einen Augenblick später aufstrahlt, zeigt nur mehr die leise hinwehende Bewegung von Gräsern und Laub.

Bis nach Mitternacht sucht der Kommissar die Anlagen ab. Vergeblich. Dann kehrt er frierend und verärgert in seine Wohnung zurück. So viel Aufwand an Kraft für einen kleinen Burschen, dem seine wilde, von Furcht und Haß verstörte Phantasie einen Streich gespielt hat und der wahrscheinlich längst in seinem Bett oder irgendwo im Gebüsch verkrochen schläft, ein erschöpftes Kind.

Und doch geht der Kommissar nicht schlafen. Angekleidet verbringt er die Nacht auf einem Stuhl, jeden Augenblick bereit, das Telefon schrillen zu hören. Doch es geschieht nichts mehr in dieser Nacht.

Steif und erschöpft von der Nachtwache auf dem harten Stuhl verläßt der Kommissar am frühen Morgen seine Wohnung. Von neuem begibt er sich, allein, auf die Suche nach dem Jungen.

Der Alte ist ebenfalls schon auf. Mit heftigen harten Bewegungen kehrt er unsichtbaren Staub vom Pflaster seines Vorgartenwegs. Beim Anblick des Kommissars hält er inne. »Sie haben ihn gleich behalten, den kleinen Dieb und Hehler? Das ist recht.«

Der Kommissar lehnt sich über den Zaun. »Sie irren. Ich habe ihn gestern nacht hierhergebracht. Er muß bei Ihnen sein.«

Für einen Augenblick gelingt es ihm, dem harten, trockenen Gesicht des Alten einen Ausdruck leichter Bestürzung zu entlocken. »Bei mir? Er ist nicht heimgekommen.«

»Wo kann er sein?«

Schon hat der Alte wieder sein gewohntes Gesicht, um einige Grade härter. »Ein Herumtreiber«, sagt er laut. Der Kommissar zuckt die Achseln. »Und wenn er nun nicht mehr zurückkommt?«

Diese Frage macht keinen Eindruck auf den Alten.

»So hätte er seine Strafe gefunden.«

»Dann«, sagt der Kommissar leise und eindringlich, »dann würde man Sie dafür verantwortlich machen, wissen Sie das?«

Der Alte lacht kurz und scharf. »Mich? Dafür, daß ich für den Burschen bezahle und ihn erziehe? Nein. Mich nicht. Aber«, jetzt tritt er dicht und hoch aufgereckt an den Zaun, «aber Sie wird man beschuldigen. Warum? Ich habe es Ihnen gestern gesagt. Sie versuchen, die Spuren des Bösen zu vertuschen, darum breitet es sich aus. Wir wollen sehen, wer es wagen wird zu sprechen: Sie oder ich.«

Der Kommissar wendet sich ab. »Narr«, murmelt er müde. »Böser alter Narr.«

Langsam geht er durch die Stadt ins Gerichtsgebäude. Auf der Treppe begegnen ihm zwei seiner Schutzleute. Sie starren ihn an, als wäre er ein Geist.

»Sind Sie nicht in Urlaub?«

»Wie Sie sehen: nein. Was gibt's?«

»Gott sei Dank, daß Sie da sind: am Wehr ist die Leiche eines Jungen gefunden worden.«

»Was hat das mit mir zu tun?«

»Es ist derselbe, der gestern bei Ihnen war.«

»Nun, und?«

»Man sagt, er sei in die Grasset-Geschichte verwickelt.«

»Unsinn«, erwiderte der Kommissar laut und gereizt, »Unsinn. Sind Sie denn auch verrückt geworden?« Die beiden weichen respektvoll einen Schritt zurück, aber die Gesichter drücken so offenen Zweifel aus, daß der Kommissar, plötzlich in Wut geratend, schreit: »Überlassen Sie derlei Vermutungen mir und kümmern Sie sich um Ihre eigenen Pflichten.«

Verschüchtert sagt der eine: »Aber es ist unsre Pflicht, Ihnen derlei verdächtige Vorfälle zu melden, auch wenn . . .«

»Richtig«, erwidert der Kommissar, schon wieder voll müder Nachsicht. »Sie haben Ihre Pflicht getan.« Leise und finster fügt er hinzu: »Ich werde versuchen, jetzt die meine zu tun.«

Die beiden sehen ihm erstaunt nach.

Ein Priester im Gerichtsgebäude: keine alltägliche Erscheinung. Er wünscht den Kommissar zu sprechen, doch niemand weiß, wo er ist. Er hat seit Tagen Urlaub, aber er ist in der Stadt geblieben, er taucht hin und wieder im Büro auf, verbringt einige Stunden dort, ohne irgend jemand zu sprechen, und ist plötzlich wieder verschwunden.

Der Priester wartet, obgleich man ihm sagt, daß es höchst unsicher ist, ob der Kommissar kommen würde. Stunde um Stunde sitzt der alte Mann auf der harten Bank im Korridor, liest aus dem Brevier und wartet.

Der Kommissar kommt am späten Nachmittag. Es ist ein sehr heißer Tag, die Luft flimmert über den Straßen. Aber der Schweiß, der dem Kommissar über das Gesicht rinnt, obgleich er ihn unaufhörlich mit seinem schon nassen Taschentuch abwischt, ist nicht von der Sonnenhitze erpreßt. Auch hier, in den selbst an einem solchen Tag sehr kühlen Räumen des Gerichts, versiegt die Quelle nicht. Der alte Priester sieht ihn besorgt an, ehe er ein Päckchen aus der Tasche zieht, es langsam mit zitternden alten Fingern aufschnürt, das Seidenpapier öffnet und den Inhalt dem Kommissar zuschiebt. Vier wertvolle Stücke des Grasset-Schmucks, unverkennbar.

»Und woher . . .«

Der Priester hebt abwehrend die Hand. »Fragen Sie nichts.«

»Aber . . .«

»Ich komme nicht als Privatmensch zu Ihnen. Dieses Päckchen hat man mir im Beichtstuhl gegeben. Sie wissen, daß das Beichtgeheimnis unverletzbar ist.«

»Gewiß«, sagt der Kommissar mit höflicher Stimme. Der Priester sieht ihn ernst an. »Es ist für mich nicht weniger schwierig als für Sie, in diesem Falle. Ich würde es vorziehen, sprechen zu dürfen.«

»Wie weit geht Ihre Verpflichtung zu schweigen, Herr Pfarrer?«

»Sie ist absolut.«

»Das heißt, daß Sie, der mit einem Wort Klarheit in eine sehr finstere, sehr gefährliche Angelegenheit bringen könnte, Sie als einziger vielleicht, daß Sie schweigend zusehen werden, wie ein Verbrechen, das nicht aufzuklären ist ohne Sie, immer weitere Kreise zieht.«

Der Priester sieht ihn stumm an.

»Nun gut«, sagt der Kommissar, »dann werden die Unschuldigen nicht die Opfer der Justiz sein, sondern die Ihren.«

»Herr Kommissar«, sagt der Priester leise, «ich bin bereit, meinen Teil an der Schuld auf mich zu nehmen.«

Der Kommissar zuckt die Achseln. »Das wird niemand nützen.«

Der Priester schweigt. Der Kommissar blickt ihn abwartend an.

Endlich sagt der Priester: »Sind Sie katholisch?«

»Nein, das heißt . . . Warum fragen Sie das?«

»Sie wissen nichts von der Beichte. Der Sünder wird nicht losgesprochen, wenn er nicht verspricht, Buße zu tun und den Schaden gutzumachen, der durch seine Schuld entstand. Ich habe es der Person, die mir den Schmuck übergab, zur Gewissenspflicht gemacht, zu Ihnen zu kommen und zu gestehen.«

»Und wird sie kommen?«

»Ich weiß es nicht.«

Der Kommissar stößt einen Laut müder Verachtung aus.

Der Priester sagt sanft: »Aber glauben Sie nicht, daß es irgendeine Schuld auf Erden gibt, die ungesühnt bleibt. Nur . . .«

Er blickt den Kommissar eindringlich flehend an.

»Versuchen Sie es in diesem Falle nicht, die Schuldigen zu finden. Es sind unschuldig Schuldige. Mehr darf ich nicht sagen.«

Der Kommissar zuckt die Achseln. »Was für eine gerissene kleine Person. Wie klug schon junge Mädchen sein können, nicht wahr?«

Der Priester lächelt ein wenig. »Es ist nicht leicht, im Beichtstuhl festzustellen, wer vor dem Gitter kniet. Auch, glauben Sie mir, ist es für unsereinen nicht wichtig. Doch . . .« Jetzt blickt er den Kommissar streng an: »Es war nicht die Stimme eines jungen Mädchens. Soviel ist mir zu sagen erlaubt, in diesem besonderen Falle. Ihre Herausforderung mit Schweigen zu beantworten, hieße, Sie absichtlich irreführen.«

Plötzlich wird seine Stimme wieder sanft und leise: »Warum, Herr Kommissar, verbringen Sie Ihr Leben damit, unglückselige Menschen zu fangen und zum Geständnis zu bringen, statt ...«

»Statt was zu tun?«

Über das faltige Gesicht des Priesters läuft eine flüchtige Röte: »Oh, Sie würden mich jetzt nicht verstehen.« Dann senkt er seine Augen. Er spricht kaum hörbar weiter. »Wenn es Ihnen möglich ist, in diesem Falle die Untersuchungen einzustellen, so tun Sie es. Es gibt Fälle, vor denen Menschen machtlos sind. Das Gute, irregeleitet, wird zum Bösen, und der Mensch ist sehr schwach.«

»Gut«, erwiderte der Kommissar, »und können Sie mir auch sagen, was ich tun soll, um zu verhindern, daß eine ganze Stadt mir vorwirft, ich habe ein Verbrechen vertuscht? Wissen Sie nicht so gut wie ich und besser noch, daß ein ungesühntes Verbrechen weiterwuchert? Wie kann ich verantworten, daß dies geschieht? Was soll ich tun, was soll ich lassen?«

Der Priester nimmt sein Brevier und steht auf. »So helfe Ihnen Gott. Ich werde für Sie beten. Wir beide werden sühnen für das, was wir tun, und für das, was wir lassen.«

Er geht langsam und müde hinaus.

Schon wieder meldet die Sekretärin an diesem Tag den gleichen Besucher. Dreimal hat sich der Kommissar verleugnen lassen. Beim viertenmal wagt es die Sekretärin, leise zu bemerken: »Vielleicht ist es möglich, ihn vorzulassen und doch nichts zu sagen. Die Leute von der Zeitung können gefährlich sein.«

Sie erwartet einen vernichtenden Blick des Kommissars, aber – was sie kaum zu hoffen wagt – er sagt: »Sie haben recht. Er soll hereinkommen.«

Der Gerichts-Berichterstatter der größten Zeitung der Stadt. Der Kommissar kennt dieses Gesicht: ein Fuchsgesicht.

»Ich will Ihre kostbare Zeit nicht lange in Anspruch nehmen, aber das überaus lebhafte Interesse der Stadt an den drei sicherlich zusammenhängenden Todesfällen der letzten Zeit zwingt mich . . .«

Der Kommissar unterbricht ihn mit höflicher Bestimmtheit: »Was wollen Sie von mir hören?«

»Wenn Sie mir direkte Fragen erlauben?«

»Bitte.«

»War der Tod des Jungen ein Unfall oder ein Selbstmord?«

»Das weiß niemand und wird nie mehr jemand erfahren können.«

»Man weiß, daß der Junge vorher bei Ihnen war.«

»Man glaubte, er habe ein Stück des gesuchten Grasset-Schmucks. Es war nicht so. Der Junge ist völlig entlastet.«

»Wäre es möglich, daß ihn der Verdacht allein so tief getroffen hat, daß er den Tod suchte?«

»Da er wußte, daß dieser Verdacht unbegründet war, nicht sehr wahrscheinlich.«

»Sie halten den Tod also für einen Unfall?«

»Weder für das eine noch für das andere. Ich weiß so wenig wie Sie.«

»Und der Tod des Antiquitätenhändlers?«

»Ein Selbstmord.«

»Wissen Sie das so sicher?«

»So sicher, wie man derlei Dinge zu wissen pflegt.«

Der Berichterstatter blickt ihn mißtrauisch an.

»Was heißt das? Wissen Sie es oder wissen Sie es nicht?«

»Ich habe Ihnen bereits geantwortet.«

»Warum stellt man keine Nachforschungen an?«

»Woher wissen Sie, daß man keine angestellt hat?«

»Man hätte sonst etwas erfahren.«

»Und was Ihrer Meinung nach?«

»Nun, zum Beispiel woher er die Stücke des Grasset-Schmucks hatte. Irgend jemand muß sie ihm verkauft haben.«

»Es gibt auch andere Möglichkeiten, in den Besitz von Dingen zu gelangen, nach denen man begehrt. Der Händler war einige Zeit vor dem Tod Fräulein Grassets in ihrem Hause, um den Schmuck zu schätzen.«

»Interessant. Sind Zeugen dafür vorhanden?«

»Gewiß.«

»So könnte der seltsame Tod der alten Dame auch auf sein Konto gesetzt werden. Eine Frage noch: Stand der Händler in Verbindung mit der Familie Karel?«

Das Lächeln des Kommissars ist beleidigend nachsichtig. »Falsch geraten«, sagte er mit aufreizender Heiterkeit. Der Berichterstatter bezwingt seine langsam anschwellende Wut. »Vielleicht«, erwidert er leise, »vielleicht müßte man in dieser Richtung nur ein wenig suchen, und schon wäre man auf der richtigen Spur.«

Der Kommissar betrachtet den andern langsam von oben bis unten. Dann sagt er munter: »Was für ein glänzender Einfall. Ich werde augenblicklich zu suchen beginnen. Ich danke Ihnen. Haben Sie noch eine Frage an mich?«

»Gewiß«, erwidert der Berichterstatter mit der gleichen hinterhältigen Munterkeit. »Wenn Sie gestatten: warum hat die Polizei so wenig Interesse an der Aufklärung dieses Falles?«

Der Kommissar steht auf. Er ist viel größer als der andere, der, obgleich er sich unwillkürlich kerzengerade hält, doch gezwungen ist, zu ihm aufzublicken, und zwar so lange, bis es dem Kommissar gefallen wird zu antworten. Endlich sagt der Kommissar mit einer ebenso müden wie eindringlichen Ruhe: »Sie haben recht: die Polizei – damit meinen Sie mich – hat wenig Interesse an diesem Fall.«

Der andere blickt ihn mit beinahe törichter Verblüfftheit an. »Aber alles deutet doch darauf hin . . .«

Der Kommissar sieht ihm jetzt in die Augen: »Weshalb haben Sie eigentlich Interesse daran?«

»Ich? Nun, es ist mein Beruf, und . . .« Er stockt, und da er die Augen des Kommissars nicht mehr erträgt, wendet er die seinen wie zufällig ab.

Der Kommissar aber fährt fort: »Was für ein seltsamer Beruf, sich für das Unglück andrer zu interessieren, um es den übrigen Unglücklichen zu berichten.«

Der andere sieht ihn schief von unten an. Er ist nicht ganz sicher, ob ihm der Kommissar nicht irgendeine Falle stellt.

»Aber«, sagt er feindselig, »Sie leben doch auch von dem, was Sie das ›Interesse am Unglück andrer‹ nennen, nicht wahr?«

Der Kommissar nickt langsam. Dann sagt er:

»Glauben Sie, daß wir dadurch etwas Gutes tun?«

»Natürlich doch. Denn das, was Sie ›Unglück‹ nennen, ist in Wirklichkeit Verbrechen. Wir weisen auf das Böse hin, um es auszurotten.«

»Es auszurotten...« wiederholt der Kommissar leise. Der Berichterstatter fühlt sich unbehaglich bei diesem abwegigen Gespräch. Plötzlich findet er wieder Boden unter den Füßen: »Schön«, sagt er mit seiner gewohnten Sicherheit, »ich sehe, Sie wollen sich nicht weiter zur Sache äußern. Aber das Interesse der Bevölkerung ist so groß, daß sie, wenn die Polizei versagt, andre Wege finden wird, um der Wahrheit auf die Spur zu kommen.«

»Gewiß«, erwiderte der Kommissar freundlich, »es wird der Presse sicher gelingen, die Wahrheit zu finden.«

»Herr Kommissar«, sagt der andere mit offener Feindseligkeit, »ich fürchte, Sie werden Ihr Spiel verlieren, so geschickt Sie auch sind.«

Der Kommissar nickt. »Ich glaube, wir alle werden es verlieren.« Leise, aber mit eindringlicher Bestimmtheit fügt er hinzu: »Wir haben es bereits verloren.«

Der Berichterstatter sieht ihn verständnislos an, dann greift er mit plötzlicher Hast nach seinem Hut und eilt hinaus.

Der Kommissar zuckt die Achseln und läßt sich schwer an seinem Schreibtisch nieder.

Es regnet. Ein sanfter, unaufhörlich herabrieselnder warmer Sommerregen, der, von einem leichten Wind bewegt, an die Fensterscheibe des kleinen Cafés schlägt, hinter der der Kommissar sitzt, fast genau gegenüber der Tür von Karels Haus. Er kennt die Gewohnheiten dieser Familie bereits so gut, daß er weiß: die dicke Alte ist vom Markt zurückgekommen, sie ist im Haus. Karel selbst verläßt es um diese Zeit. Die Kleine, unberechenbar in ihren Unternehmungen, ist an diesem Morgen noch daheim. Aber auch sie erscheint bald auf der Schwelle, voll mißtrauischer Vorsicht nach allen Seiten blickend, ganz wie ein kleiner wilder Hase, ehe er sein Erdloch verläßt.
Wenige Augenblicke später klingelt der Kommissar an Karels Wohnungstür.
»Wer ist da?« Marthas dunkle, heisere Stimme hinter der geschlossenen Tür.
»Ein Bekannter von Herrn Karel.«
»Herr Karel ist nicht zu Hause.«
»Aber Frau Karel.«
»Frau Karel ist krank.«
»Es ist wichtig, daß ich mit ihr spreche.«
»Man kann nicht mit ihr sprechen, sie ist stumm.«
»Ich weiß. Öffnen Sie bitte.«
Ein leises Geräusch verrät ihm, daß sie ihr Auge ans Schlüsselloch drückt. Aber da er dicht vor der Tür steht, kann sie sicherlich nichts sehen von ihm als den

Stoff seiner Jacke. Eine lange Pause. Dann öffnet sich die Tür. Es geschieht lautlos, mit äußerster Vorsicht und nicht weiter als nötig, der Alten einen Blick auf den Besucher zu gestatten.

Ohne Zweifel: jetzt hat sie ihn erkannt. Sie sagt kein Wort, aber ihre großen runden Augen, von denen in der trüben Dämmerung des Flurs kaum mehr als das schimmernde Weiß zu sehen ist, drücken auf eine erstaunliche Art rasch hintereinander Furcht, Haß, Spott und Überlegenheit aus. Eine Bewegung ihrer Hand zeigt ihm, daß sie bereit ist, die Tür vor seiner Nase zuzuschlagen, sobald er den Versuch machen würde, einzutreten. Sie weicht keinen Schritt zurück. In ihrer breiten Fülle, Aug in Auge mit dem Kommissar, verteidigt sie stumm und gewaltlos die Tür, bis er schließlich, achselzuckend, sich anschickt fortzugehen. In diesem Augenblick verrät ihm das schleifende Geräusch ihrer Röcke, daß sie sich zurückzieht. Die Tür bleibt einen Spalt weit offen. Der Kommissar tritt zögernd über die Schwelle. Der Flur ist leer. Ein Schloß schnappt beinahe unhörbar zu. Es bleibt dem Kommissar nichts andres übrig, als aufs Geratewohl die nächste Tür zu öffnen.

Dies muß das Zimmer der Kleinen sein. Was für eine armselige Kammer. Nichts von all dem, was junge Mädchen um sich zu sammeln pflegen. Dieser Raum gleicht einer schlecht aufgeräumten Klosterzelle. Arme Kleine.

Im nächsten Zimmer sitzt Frau Karel. Der Kommissar tritt zögernd und behutsam ein. Sie blickt ihm entgegen, als erwarte sie einen alltäglichen Besuch. Nicht einmal ihr Strickzeug legt sie aus den Händen.

Aber ihre dünnen bläulichen Lider über den ruhigen Augen zittern.

»Verzeihen Sie«, beginnt der Kommissar, »verzeihen Sie, daß ich hier einfach eintrete. Aber ich brauche Ihre Hilfe. Kann ich sprechen?«

Sie nickt, während ihre Hände wie von selbst weiterstricken.

Er hat sich vorher genau überlegt, was er dieser Frau sagen wird, nicht zu viel und nicht zu wenig und nichts, was sie erschrecken könnte. Aber jetzt erfaßt ihn plötzlich eine heftige und gefährliche Ungeduld. Alle vorbereitenden Reden überspringend, stürzt er sich in das Gespräch, von dem er sich viel erhofft.

»Ich habe mit dem Erbe Fräulein Grassets zu tun. Sie wissen, daß der Schmuck, der Ihrer Tochter hinterlassen wurde, auf rätselhafte Weise verschwunden ist.«

Nichts in ihrem blassen Gesicht verrät, ob sie es weiß oder nicht, sie strickt weiter, ohne die Augen zu erheben.

»Alle unsre Bemühungen, den Schmuck wiederzubekommen, waren vergeblich, bis vor kurzem. Plötzlich tauchen da und dort Stücke des gesuchten Schmucks auf. Sie werden davon gehört haben.«

Eine kleine Kopfbewegung, die ebensogut ja wie nein bedeuten kann.

»Die Vermutung liegt nahe, daß der Schmuck gestohlen worden ist. So glaubt man in der Stadt. Ich glaube das nicht. Und deshalb komme ich zu Ihnen.«

Ohne im Stricken innezuhalten, wirft sie einen flüchtigen Blick auf ihn. Einen Blick, dem gar nichts zu entnehmen ist.

»Ich muß offen mit Ihnen sprechen. Ich glaube zu wissen, was geschehen ist. Vielleicht wissen Sie es auch.«

Wieder dieser seltsame, abwesende Blick. Fast ist der Kommissar versucht anzunehmen, daß diese Frau nicht nur stumm, sondern töricht ist. Vermutlich hat er sich von diesem Gespräch viel zu viel erwartet. Aber noch gibt er es nicht auf. Ein ebenso verzweifelter wie wohlberechneter Anlauf, und er sagt: »Es geht um Ihre Tochter.«

Ist diese Frau taub? Sie strickt ruhig weiter.

»Frau Karel«, wiederholt er mit aller Eindringlichkeit, »die Stadt ist voller Unruhe. Man beschuldigt und verdächtigt bereits verschiedene Menschen. Unschuldige, Frau Karel. Die Gerüchte werden wachsen. Man beginnt zu sagen, Ihre Tochter sei Mitschuldige. Ich selbst habe Ihre Tochter gefragt. Sie leugnet. Aber sie, als einzige vielleicht sie, kann alles klären. Warum schweigt sie?«

Keine Regung. Diese Frau muß wahnsinnig sein. Ein letzter Versuch: »Frau Karel, ich weiß bereits sehr vieles, ich allein. Ich werde es Ihnen sagen: Ihre Tochter kannte den Schmuck. Sie nahm ihn an sich. Sie wußte, daß sie ihn erben würde, oder sie ahnte es jedenfalls. Sie begann ihn Stück für Stück zu verkaufen, um Geld für den Haushalt hier zu bestreiten. Ein Diebstahl, gewiß. Aber ein Diebstahl, dessen Motiv als mildernder Umstand gelten wird. Ihrem Kind wird nichts geschehn, Frau Karel. Nur sprechen muß es. Ich bitte Sie: bringen Sie Ihre Tochter dazu, mir zu vertrauen.«

Jetzt endlich legt sie das Strickzeug weg und greift, ohne die Augen zu erheben, nach einer kleinen Schie-

fertafel, die immer neben ihr bereitliegt. Mit unge-
lenken Buchstaben schreibt sie darauf: »Ich weiß
nichts.«
Sie schiebt ihm das Täfelchen zu. Dann faltet sie ihre
Hände über der Brust und sieht ihn mit einem unbe-
schreiblichen Blick der Trauer und Ergebenheit an.

»Sie sind gar nicht in Urlaub gefahren? Und Sie haben
mir nichts gesagt. Fünf Tage ohne Frühstück, kein
Bett gemacht, alles voller Staub! Wenn ich Sie nicht
zufällig auf der Straße gesehen hätte . . .«
Die Putzfrau des Kommissars fühlt sich von ihrem
Herrn hintergangen oder, noch schlimmer, vergessen.
Er hat vergessen, sie zu rufen.
Der Kommissar lächelt ihr abwesend zu und läßt sie
ein. Aber statt in gewohnter Weise sich sofort auf die
Arbeit zu stürzen, bleibt sie stocksteif stehen, die
Hände über dem magern Bauch gefaltet und die
Augen gesenkt, bis der Kommissar nicht umhin kann,
sie zu fragen: »Was gibt's? Irgend etwas auf dem
Herzen?«
Sie zögert, dann, in plötzlichem Entschluß, zieht sie
eine Zeitung aus der Tasche und reicht sie ihm. Er
wirft einen Blick darauf, dann bedeutet ihr seine müde
Handbewegung, daß er schon weiß. Sie wird ein
wenig rot, dann murmelt sie: »Da haben wir's.«
Er zuckt die Achseln und sagt ruhig: »Wie sie schnüf-
feln und bellen, diese übereifrigen Jagdhunde. Aber
ich vergaß: Sie gehören auch dazu.«
»Ich?«

»Ja, Sie. Waren es nicht Sie, die gesagt hat, daß man Unrecht um jeden Preis aufdecken muß und daß es nicht erlaubt ist, den Mantel des barmherzigen Vergessens darüber zu breiten?«

Sie starrt ihn verständnislos, fast entsetzt an. »Wie Sie sprechen, Herr Kommissar. Ich weiß gar nicht... Sie selbst wollen doch alles aufdecken. Es ist Ihr Beruf. Und nun auf einmal diese Reden.«

Er lächelt trübe.

»Mein Gott«, flüstert sie, »dann hat also die Zeitung recht. ›Polizei vertuscht Verbrechen.‹ Aber das kann doch nicht sein. Man weiß ja nicht mehr, was man denken soll.« Ein tiefer Seufzer entfährt ihr. Ein Seufzer, der der Vergangenheit gilt, jener wunderbaren Zeit, in der sie dem Kommissar eifrig alles zutragen durfte, was ihm helfen konnte, die kleinen Verbrechen der Stadt aufzuklären, die lächerlichen Diebstähle, den armseligen mißglückten Raubüberfall in der Bank, die Vergewaltigung einer Magd... Sollte diese Zeit wirklich und endgültig vorüber sein? Ein letzter Versuch, ein kühner Anlauf: »Herr Kommissar, ich habe gestern abend Karels alte Haushälterin gesehen. Sie hat eine Kerze gestiftet in der Friedhofskapelle.«

»Nun, und?«

»Sie wird wissen, warum sie es tat. Vielleicht lassen ihr gewisse Tote keine Ruhe in der Nacht.«

»Was soll das heißen?«

»Das heißt was es heißt. Vielleicht hat sie ein schlechtes Gewissen. Vielleicht ist sie es, von der meine Nichte das Geld bekommen hat!«

Genug für diesmal. Sie eilt in ängstlichem Triumph

hinaus. Einige Augenblicke später hört man sie mit heftigen Bewegungen die Kissen des verwahrlosten, zerwühlten Betts aufschütteln.

Alexandra legt schweigend eine Zeitung auf den Küchentisch, ausgebreitet.

»Läßt sie wieder hier liegen, und dein Vater sucht sie, und wer hat sie dann verräumt? Die alte Martha. Trag sie sofort hinüber.«

Aber die Kleine rührt sich nicht. »Lies doch«, flüstert sie.

»Hab meine Brille verlegt.«

»Ach Unsinn: du kannst auch ohne Brille lesen. Es ist groß genug gedruckt.«

»Lies mir vor, du siehst doch, ich koche. Soll ich einer dummen Zeitung wegen die Erbsen anbrennen lassen?«

»Gut, dann hör zu.« Die Stimme der Kleinen ist hart und heiser. »Weißt du, was da steht? ›Polizei vertuscht Verbrechen‹.«

Martha blickt kaum nach ihr. »Seit wann interessiert sich mein Herzchen für solche Sachen?«

»Martha, ich bitte dich: spiel nicht schon wieder.«

Martha schlägt die Hände über dem Kopf zusammen: »Heilige Muttergottes, jetzt fängst du schon wieder damit an.«

Die Kleine stampft mit dem Fuß. »Sei still, hör weiter: ›Es muß allen Bewohnern dieser Stadt befremdend erscheinen, daß der Fall Grasset immer noch ungeklärt ist, ja daß kaum Versuche gemacht wurden,

124

ihn zu klären. Dabei liegt es auf der Hand, daß hier ein Verbrechen zumindest mit im Spiele ist: Der seltsame Tod einer reichen alten Dame, das Verschwinden des Schmucks, die Gleichgültigkeit der Erben, der Selbstmord eines Händlers, welcher Teile des Grasset-Schmucks besitzt, der Tod eines kleinen Jungen, der verdächtigt wird, ein Stück des Schmucks zu besitzen, zahllose Beschuldigungen, eine davon mit einer Schlägerei endend, die beinahe ein Todesopfer gefordert hat – und noch immer steht die Polizei untätig, ja teilnahmslos daneben. Wann, so fragen wir...‹«
»Geh, hör auf«, sagte Martha gelangweilt, »was stopfst du mir die Ohren voll mit solch schmutzigem Zeug. Hilf mir lieber Kartoffeln schälen.«
Im nächsten Augenblick hat ihr Alexandra zornig den Kochlöffel aus der Hand geschlagen. »Du sollst nicht mit mir reden wie mit einem kleinen Kind.«
Martha bückt sich gelassen nach dem Kochlöffel, dann sagt sie kopfschüttelnd: »Warum mischst du dich ein in diese Geschichten. Was weißt denn du davon. Laß doch die Leute reden. Werden schon wieder still sein. Und jetzt mach nicht solche Augen wie ein kleiner Teufel.«
»Martha«, flüstert die Kleine, am ganzen Körper zitternd, »laß mich doch dem Kommissar sagen, was ich weiß. Es ist ja nicht schlimm. Der Kommissar hat es selbst gesagt.«
Martha dreht den Gashahn ab, trocknet ihre Hände an der Schürze und läßt sich auf den Küchenstuhl fallen. »Jetzt komm einmal her. Hierher. Auf meinen Schoß, so wie früher. So. Und jetzt hört mir mein Kind ganz ruhig und vernünftig zu. Was haben wir

denn getan? Der Alten ins Gewissen geredet. War das schlimm? Vielleicht rechnet ihr der liebe Gott als einzige gute Tat an, daß sie für dich gesorgt hat.«

»Mein Gott, Martha, wovon sprichst du. Das ist es doch nicht. Sie wäre so oder so bald gestorben.«

»So ist's recht. Jetzt ist mein Kind vernünftig. Jetzt wird es auch begreifen, daß uns alles andre nichts angeht, rein gar nichts. Wenn die Leute sich prügeln und aufhängen wollen, dann tun sie's eines Tages, ganz gleich aus welchem Grund. Wenn es der Teufel will, ist eine Fliege an allem Schuld. Und mein Kind ist so unschuldig wie ein junges Kätzchen.«

Die Kleine ist langsam von ihrem Schoß geglitten. »Martha«, flüstert sie, »wenn ich dich so reden höre, weiß ich gar nicht mehr, was war und was nicht war. Du darfst das nicht tun. Ich glaube dir und glaube dir doch nicht. Du bist schrecklich, Martha.«

Die Alte lacht tief. »Ich und schrecklich, was redest du da, Herzchen. Ich bin bloß alt und klug und habe mein kleines Kätzchen lieb. So, und jetzt versprich mir, keine Zeitung mehr zu lesen und nicht mehr nachzugrübeln. Gras wächst darüber und bald ist's vergessen. Bist jung.«

Die Kleine geht gehorsam hinaus. Doch von der Schwelle her wirft sie einen langen Blick auf die Alte zurück, einen Blick voll tiefer Angst und Verwirrung. »Geh, geh«, ruft Martha, die Hände zusammenschlagend, wie man Tiere verscheucht, »geh schnell hinaus. Die Sonne scheint.«

Obgleich das Gesicht Karels seltsam geschwollen und gerötet ist, erkennt ihn der Kommissar sofort. Ohne Zweifel: der Mann ist schwer betrunken. Er lehnt über einer Bank in den Anlagen. Seine Hände halten eine halbzerknüllte Zeitung. Die Augen unter den halbgeschlossenen Lidern sind stumpf wie aus blindem Glas.

Der Kommissar hebt ihm Hut und Mappe auf, die im Sand liegen, Karel bemerkt es nicht. Ohne wirklich zu schlafen, ist er in einem Zustand tiefer Bewußtlosigkeit. Der Kommissar setzt sich neben ihn. Er hat Zeit, er kann warten. Bald wird der Augenblick kommen, in dem der Rausch verfliegt und jenem schweren Jammer weicht, in dem man ohne jede Vorsicht dem Nächstbesten sein Herz ausschütten will. Der Kommissar verspricht sich nicht sehr viel von einer Begegnung mit diesem jämmerlichen Mannsbild, den seine Erbschaft zum Säufer gemacht hat. Aber er will sich keine noch so kleine Gelegenheit entgehen lassen, etwas über die Rothaarige und die dicke Alte zu erfahren.

Es kann nicht lange dauern bei diesem frischen, fast kühlen Sommerwind, bis Karel beginnt, nüchtern zu werden. Benommen starrt er auf den Kommissar, dann tastet er wie ein Blinder nach Hut und Mappe und erhebt sich, um zu gehen. Aber er hat sich überschätzt. Seine Beine sind schwer wie Blei. Mit einem Seufzer läßt er sich wieder fallen.

»Sind Sie krank?« fragt der Kommissar höflich. »Kann ich Ihnen mit irgend etwas helfen?«

Karels Zunge ist noch sehr ungelenk. »Helfen?« murmelt er. »Wieso helfen? Mir fehlt nichts.«

»Um so besser«, sagt der Kommissar freundlich.

»Hier, Ihre Zeitung, sie ist heruntergefallen.«

Der Anblick der Zeitung bringt Karel flüchtig zu sich. Hastig stopft er sie in die Tasche.

»Was sagten Sie?« fragt der Kommissar.

»Ich? Sagte ich etwas?«

»Ja, ich glaube, Sie haben gesagt: ›Ich wollte, diese Erbschaft holte der Teufel!‹«

»Das habe ich gesagt?«

»Ich glaubte es zu hören.«

Karel sieht ihn ängstlich an, dann schreit er plötzlich: »Das ist nicht wahr, ich habe gar nichts gesagt.«

Der Kommissar zuckt die Achseln und läßt seinen Blick ruhig und freundlich auf Karel ruhen, der, zwischen Rausch und Nüchternheit, mühsam versucht, seine Lage zu begreifen.

»Also schön«, sagt er mit schwerer Zunge, »dann habe ich es eben gesagt. Stimmt ja auch. Diese verfluchte ...« Er unterbricht sich und blickt den Kommissar böse an: »Wer sind Sie denn? Ich kenne Sie und kenne Sie nicht. Was wollen Sie von mir?«

»Nichts«, erwidert der Kommissar. »Gar nichts. Ich sitze hier, so wie Sie hier sitzen.«

»So wie ich hier sitze? Herr, das will ich Ihnen nicht wünschen.« Er beugt sich vor und starrt dem Kommissar ins Gesicht: »Oder haben Sie auch Kummer?«

»Ja, ich habe auch Kummer. Wer hat keinen.«

»Kummer und Kummer, das ist ein Unterschied. Der eine geht vorüber, der andre, der bleibt und zehrt einen langsam auf, und man kann nichts tun als zuschauen dabei. Man geht auf einer Brücke, und hinter einem bricht Stück für Stück hinunter, und man kann nicht zurück, und vor einem hört die Brücke auf, da ist ein Loch. Noch drei Schritte, noch zwei . . .«

»Was ist es denn, das Sie so bedrückt?«

»Ich bin betrunken«, sagt Karel wütend, »ich weiß. Aber ich bin nicht so betrunken, daß ich mich von Ihnen ausfragen ließe. Alle Welt kümmert sich um uns. Was zum Teufel ist denn los? Nur weil wir geerbt haben. Aber Sie geht das schon gar nichts an.«

»Doch«, sagt der Kommissar mit sanfter Bestimmtheit. »Es geht mich an. Ich bin der Kommissar, dem die Leute vorwerfen, daß er sich zu wenig um Ihre Angelegenheit kümmert.«

Wüßte der Kommissar nicht mit aller Bestimmtheit, daß dieser Mann ebenso schuldlos wie furchtsam ist, so müßte ihm sein Benehmen zu denken geben: er wird totenbleich, er zittert, und seine Stirn bedeckt sich mit Schweiß.

»Beruhigen Sie sich«, sagt der Kommissar angewidert und mit einiger Strenge. »Bleiben Sie sitzen. Aber wenn wir schon mitsammen sprechen: sagen Sie mir, was für eine Person ist die alte Frau, die bei Ihnen lebt?«

»Martha?« Karel schaut ihn töricht an. »Meinen Sie unsre Haushälterin? Was soll ich sagen. Sie ist seit sechzehn Jahren bei uns. Ich weiß nichts von ihr.«

»Sie scheint Ihre Tochter aufgezogen zu haben, als wäre sie ihr eigenes Kind, stimmt das?«

Karels Gesicht verfinstert sich .»Leider«, murmelt er.

»Leider?«

»Sie hat das Kind verwöhnt und verzogen, und sie hat es mir entfremdet. Mit Absicht, Herr Kommissar. Mit voller und böser Absicht. Sie haßt mich. Sie ließe mich und meine kranke Frau augenblicklich im Stich, wenn nicht das Kind wäre. Sie möchte mit dem Kind in das verfluchte Haus in der Parkstraße ziehen, sie ganz allein. Aber das wagt sie nicht. Warum, ich weiß es nicht. Ein Rest von Mitleid oder Pflichtgefühl meiner kranken Frau gegenüber.«

»Warum entlassen Sie sie nicht?«

Karel stößt ein wütendes Gelächter aus. »Die kann ich nicht entlassen. Jagen Sie einen Hund fort, er kommt immer wieder. Und dann, Herr: wer hält's bei uns aus! Das weiß sie, und deshalb darf sie es wagen, uns alle zu beherrschen. Sie ist ein Teufel, Herr Kommissar.«

»Ist sie nicht eine fromme Katholikin?«

»Was stört sie das? Die lebt, wie sie will. Ich verstehe sie nicht.«

»Und Sie meinen, sie habe einen unheilvollen Einfluß auf Ihre Tochter?«

»Den hat sie, Herr Kommissar. Sie ist wie ein Berg, der sich vor meine Tochter schiebt, wenn man ihr näherkommen will. Das Kind ist in ihrer Gewalt.«

»Hat diese Martha die alte Dame, Fräulein Grasset, gekannt?«

Plötzlich wird Karel stutzig und vollends nüchtern. »Das weiß ich nicht«, murmelt er verstockt.

»Herr Karel«, sagt der Kommissar, »haben Sie je das Wirtschaftsbuch Ihrer Haushälterin nachgeprüft?«

»Ein Wirtschaftsbuch? Das, glaube ich, haben wir nicht. Und nachprüfen? Herr Kommissar, sie hat mir über sechzehn Jahre gedient, sie ist die Ehrlichkeit in Person. Sie hat fast ohne Lohn gearbeitet. Ich lege die Hand ins Feuer: sie hat mich nie betrogen.«

»Im Gegenteil, Herr Karel, im Gegenteil, vermutlich.

Überschlagen Sie einmal Ihre Einkünfte, und halten Sie Ihre Ausgaben dagegen. Vielleicht werden Sie überrascht sein. Ich sage: vielleicht. Und dann kommen Sie wieder zu mir.« Er steht auf. »Also: auf Wiedersehen, Herr Karel.«

Karel starrt ihm nach, solange er ihn sehen kann, dann streicht er sich hastig über die Stirn. Mit stumpfer Verwunderung betrachtet er lange seine Handfläche, die naß ist von kaltem Schweiß.

Martha erscheint auf der Schwelle des Büros, in der Hand einen harmlosen weißen Briefumschlag, der die unmißverständliche Aufforderung zu einem Besuch beim Kommissar enthält. Sie hat sich in Schwarz gekleidet, als sei sie in Trauer, und die gewöhnliche Zahl ihrer Röcke scheint sich um zwei oder drei vermehrt zu haben. Die ganze Türöffnung ist mit ihrer feierlichen Erscheinung ausgefüllt.

Sie wartet regungslos, bis der Kommissar sie auffordert, vollends einzutreten. Dann tut sie es gemessen und mit gesenkten Lidern, ohne auch nur einen einzigen Blick darunter hervorgleiten zu lassen.

»Nehmen Sie Platz.«

Sie sitzt aufrecht, die Hände flach auf die Knie gelegt, die Augen gesenkt, und sie antwortet auf alle Fragen, die ihre Person betreffen, mit einem einfachen Kopfnicken. Sie scheint nicht im geringsten beunruhigt oder verwirrt. Nicht einmal die Frage, ob sie Fräulein Grasset gekannt habe, entlockt ihr mehr als ein stummes Kopfschütteln.

»Sie werden sich fragen, warum ich Sie gerufen habe?«

Wieder nur ein Nicken.

»Sie können es sich nicht denken?«

Nichts als eine kurze verneinende Kopfbewegung.

»Wirklich nicht?«

Jetzt macht sie sich nicht einmal mehr die Mühe einer winzigen Bewegung.

»Nun, dann muß ich es Ihnen sagen: Es könnte sein, daß man Sie eines Tages verdächtigen wird, mit den ... sagen wir: den Dieben des Grasset-Schmucks in Verbindung zu stehen.«

Unter den halbgeschlossenen Lidern rollt sie ihre Augen zum Himmel, so daß man nur mehr das bläulich schimmernde Weiße sieht. Das ist ihre einzige Antwort auf die Anklage.

»Ich muß Sie bitten, mir auf einige Fragen zu antworten. Wieviel Geld bekamen Sie von Herrn Karel für den Haushalt?«

Langsam wendet sie ihm ihren Blick zu, dann sagt sie gelassen: »Einmal soviel einmal soviel, je nachdem.«

»Haben Sie kein Haushaltsbuch geführt?«

Sie schüttelt den Kopf.

»Können Sie keine ungefähre Summe angeben?«

»Wenig genug. Manchmal konnte ich Fleisch kaufen, manchmal keins, wie mir's der Herr gab. Hab's nie nachgerechnet.«

»Und wenn es zu Ende war und Herr Karel Ihnen nichts geben konnte?«

Jetzt schlägt sie ihre Augen voll zu ihm auf, und es fehlt nicht viel, daß ihm vor diesen Augen unbehaglich wird.

»Herr«, sagt sie langsam und würdevoll, »wenn ich auch im dienenden Stande bin, so bin ich es nicht aus Armut. Ich habe einen kleinen Bauernhof. Die Pacht kommt Monat für Monat, und Butter und Eier auch, wie ausgemacht. Und davon leben wir alle.«

Obgleich sie schon gegen Ende dieser langen Rede ihre Augen wieder halb geschlossen hat, fällt ein Blick spöttischen Triumphs auf den Kommissar.

Er läßt das Thema fallen. »Machen Sie hin und wieder Reisen?«

»Reisen?« Ihre Verwunderung ist groß.

»Sie waren nie in letzter Zeit in irgendeiner andern Stadt?«

Ein stummes Kopfschütteln.

»Überhaupt nicht fort von hier?«

»Zweimal, ganz kurz, auf dem Dorf, in meiner Heimat. Hab nach dem Hof geschaut, Herr. Ist besser, man hat die Augen drauf, auch wenn man verpachtet hat. Keinem ist zu trauen.«

»Richtig«, sagt der Kommissar. Dann fährt er freundlich fort: »Ist Fräulein Karel sehr betrübt darüber, daß ihr Schmuck nicht zu finden ist?«

»Das Kind ist Kummer, Betrübnis und Armut gewöhnt.«

»Haben Sie keine Vermutungen über den Verbleib des Schmucks?«

»Ich, Herr? Hab andre Sorgen genug: Was soll ich kochen, was schmeckt der kranken Frau, wie flick ich die Hemden. Gibt Leute genug, die klüger sind als die alte Martha. Mögen die sich den Kopf zerbrechen. Ist meine Sache nicht.«

»Sprechen Sie denn nicht mit Fräulein Karel darüber?«

»Die Kleine ist mir lieb wie ein eignes Kind. Hab nie eins gehabt. Ein gutes Mädchen. Erzählt mir alles, wie wenn sie noch ganz klein wäre.«

Plötzlich sieht ihr der Kommissar voll und scharf in die Augen. »Auch Anstifter zu einem Verbrechen werden bestraft. Wissen Sie das?«

Sie hält seinem Blick, diesem gefürchteten, alles durchdringenden Blick, ruhig stand, ohne auch nur mit der Wimper zu zucken.

»Sie haben mich verstanden«, sagt der Kommissar. »Es gibt auch die Möglichkeit, daß der Anstifter allein bestraft wird. Es gibt ferner die Möglichkeit, daß der Anstifter durch sein Geständnis nicht nur den Täter entlastet, sondern für sich selbst mildernde Umstände schafft. Überlegen Sie sich das.«

Er steht auf. Auch Martha steht auf, langsam und feierlich. »Weiß nicht, was der Herr meint«, sagt sie höflich. »Aber wird schon so sein.« Damit geht sie würdevoll hinaus.

Der Kommissar sieht ihr nach mit einem Blick, in dem Zorn, Bewunderung und leise Furcht sich auf seltsame Weise mischen.

Plötzlich, mitten am hellen Tag, fliegt ein großer kantiger Stein durch das Fenster des Kommisars, haarscharf an seiner Schläfe vorbei. Ein wohlgezielter Wurf.

Die Sekretärin und der Wachtmeister aus dem Büro

nebenan stürzen erschrocken herbei. Sie sehen den Kommissar am offenen Fenster stehen, zwischen den Glasscherben.

»Gehen Sie weg! Vorsicht!«

Ein zweiter Stein. Der Kommissar hebt den Arm, um sein Gesicht zu schützen. Der Stein prallt daran ab. Gelassen schiebt der Kommissar seinen Ärmel hoch und betrachtet die Verletzung. »Kleiner Bluterguß«, murmelt er und läßt den Ärmel wieder darübergleiten.

»Darf ich Sie nicht verbinden?« Die Sekretärin ist blaß geworden.

Der Wachtmeister reißt den Kommissar weg, ehe der dritte Stein fällt. Dann greift er zum Telefonhörer. »So ein Gesindel!« ruft er empört. »Denen werden wir das Handwerk legen.«

Aber der Kommissar nimmt ihm den Hörer aus der Hand und legt ihn auf die Gabel zurück. »Lassen Sie. Ich mache das schon. Sie können ruhig gehen.«

Der Wachtmeister und die Sekretärin wagen es, zu widersprechen. Die Sekretärin vergißt sich sogar so weit, daß sie ihren Chef am Arm ergreift. »Gehen Sie hier hinaus«, fleht sie. Aber der Kommissar schiebt sie sanft beiseite. »Es hat nichts auf sich. Haben Sie nie so etwas erlebt? Das gehört auch mit dazu.«

Die beiden ziehen sich zögernd und tief besorgt zurück.

Obwohl der Kommissar gleich darauf wieder ans offne Fenster tritt, fällt kein Stein mehr. Langsam schiebt er mit dem Fuß die Glasscherben zusammen.

Karel ist noch immer nicht nüchtern, als er nach Hause kommt. Er ist wütend über das Gespräch mit dem Kommissar, und er kann sich kaum mehr erinnern an das, was er selbst gesagt hat. Weiß der Teufel, was ihm dieser Fuchs entlockt hat. Ahnt man denn je die Fallen, die solche Leute einem stellen? Aber was er von Martha sagte ... Auch Karel mißtraut der Alten. Er fühlt sich außerordentlich aufgelegt zu einer heftigen Unterredung mit ihr.

Aber die Küche ist leer, sie ist sonntäglich aufgeräumt. Das Essen steht fertig auf dem Herd, es braucht nur gewärmt zu werden. Martha ist fort. Nun, so wird er hier warten, bis sie zurückkommt. Er wird sie jetzt stellen. Er wird sich einen starken Kaffee machen, damit er ganz klar und nüchtern ist, wenn sie kommt. Aber er kann keine Kaffeebohnen finden. Verdrossen dreht er das Gas auf, um das Essen zu wärmen.

Der Geruch der angebrannten Kartoffeln und die vorwurfsvolle Stimme Marthas wecken ihn zugleich. Er sieht schuldbewußt zu, wie Martha versucht, das Angebrannte zu retten. Plötzlich erinnert er sich seines Zorns.

»Was laufen Sie auch mittags fort, statt zu kochen«, murmelt er.

Sie dreht sich nicht einmal nach ihm um.

»Wieso«, fährt er fort, »wieso sind Sie so feierlich angezogen?«

»War zu Besuch.«

»Sie? Seit wann machen Sie Besuche, noch dazu mittags, statt zu arbeiten?«

Sie blickt kurz nach ihm.

Bei diesem Blick zieht er es vor, zu schweigen. Schon ist er dabei, den Rückzug aus der Küche anzutreten, als ihm plötzlich die Stimme des Kommissars wieder in den Ohren klingt.

»Hören Sie«, sagt er, »ich möchte, daß Sie von jetzt an ein Wirtschaftsbuch führen.«

Sie sieht ihn schweigend an, ohne eine Miene zu verziehen.

»Ein Wirtschaftsbuch. Haben Sie nicht verstanden?«

Sie sieht ihn weiterhin an.

»Wissen Sie nicht, was das ist? Auf der einen Seite stehen die Einnahmen, auf der andern die Ausgaben. Verstanden? Von heute ab. Was schauen Sie mich denn so an? Auch andere Haushälterinnen führen ein Wirtschaftsbuch.«

Marthas Gesicht hat bei seiner Rede begonnen, sich auf befremdende Weise zu bewegen. Als er endlich schweigt, fängt sie an zu lachen. Er starrt sie fassungslos an.

»Was lachen Sie denn?«

Seine Worte gehen unter in ihrem rauhen, tiefen Gelächter, das einem Schluchzen gleicht. Er stampft vor Zorn wie ein Kind.

»Hören Sie auf. Sind Sie verrückt?«

Umsonst. Dieses dunkle Gelächter ist unaufhaltsam. Mit einem entsetzten Blick über die Schulter zurück eilt er zur Tür.

Auf der Schwelle prallt er mit seiner Tochter zusammen. Die Kleine betrachtet mit düsterem Staunen ihn und Martha.

Karel flüstert ihr angstvoll zu: »Ich glaube, sie ist verrückt geworden.«

137

»Ach was«, sagt Alexandra. »Sie wird schon wissen, warum sie lacht. Was lachst du denn, Martha?« Martha wischt sich die Tränen vom Gesicht. »Bin eben lustig heut. Warum soll ich nicht lachen? Dein Herr Vater will, daß ich ein Wirtschaftsbuch führe. ›Sofort‹, hat er gesagt. Muß ich da nicht lachen?«

Die Kleine sieht ihren Vater mißtrauisch an: »Warum willst du das? Was mischst du dich da plötzlich ein?«

»Wird schon seinen Grund haben«, murmelt er feindselig.

»Und welchen?« Wie scharf diese junge Stimme sein kann. Karel zuckt schmerzlich zusammen.

»Danach frag Martha, sie wird ihn schon wissen.«

»Komm her«, sagt Martha, mühsam einen neuen Anfall von Gelächter bezähmend, »komm her, dann sag ich dir's.« So laut, daß Karel es hören muß, flüstert sie der Kleinen ins Ohr: »Er denkt, ich hab ihn betrogen. Hab nicht gut gewirtschaftet. Hab in die eigne Tasche geschafft.«

»Unsinn«, sagt Alexandra ärgerlich. »Das kann er nicht meinen, und das hat er bestimmt nicht gesagt. Redet jetzt vernünftig, ihr beiden.«

Plötzlich unterbricht sie sich. »Wohin gehst du, Martha?«

»War fort, Herzchen, war schon fort. Zieh mich gleich um zum Arbeiten.«

»Martha«, flüstert Alexandra, dann verstummt sie mit einem Blick auf ihren Vater. Langsam und mit sonderbar steifen Schritten geht sie hinaus.

Kaum ist die Tür hinter ihr ins Schloß gefallen, geht Martha auf Karel zu, feierlich rauschend in ihrer breiten Fülle. »Herr Karel«, sagt sie leise, »das geht Sie nichts an.«

Er starrt sie verblüfft an. »Was geht mich nichts an?«

»Das werden Sie schon sehen. Merken Sie sich, was ich Ihnen sage: Das geht Sie nichts an. Ist meine Sache ganz allein. – Ganz allein«, wiederholt sie mit großer Bestimmtheit.

Karel sieht sie furchtsam an, aber sie wendet sich gelassen ab und beginnt, ohne auf seine Gegenwart Rücksicht zu nehmen, ihr Sonntagsgewand abzulegen.

Der Kommissar legt den Hörer mitten in einem Ferngespräch auf den Tisch. Seine Sekretärin fragt dienstbeflissen: »Brauchen Sie etwas, Herr Kommissar?«

Keine Antwort.

Den Kopf in die Hand gestützt, starrt er vor sich hin. Die Sekretärin betrachtet ihn besorgt. Sein Gesicht ist finster und gespannt.

Nach einiger Zeit nimmt er den Hörer auf, aber statt zu sprechen hält er ihn stumm in der Hand, um ihn schließlich langsam wieder sinken zu lassen.

»Herr Kommissar«, flüstert die Sekretärin, »ist Ihnen nicht gut?«

Er hört sie nicht einmal. Endlich entschließt er sich zu sprechen. Er greift so heftig nach dem Hörer, daß sie zusammenfährt.

»Nein«, sagt er laut, »tut mir leid. Ich kann nicht weg. Ich habe selbst einen Fall hier, der in den nächsten Tagen den entscheidenden Punkt erreichen wird.«

Man unterbricht ihn offenbar, und er antwortet nach einer Pause, die der Sekretärin ein wenig zu lang erscheint für die Bestimmtheit seiner Absage:

»Unmöglich. Muß ich selber machen. Ein schwieriger Fall.«

Als er den Hörer auflegt, ist er so blaß, daß seine Sekretärin stillschweigend aufsteht, um ihm ein Glas Wasser zu holen. Er beachtet es nicht. »Nehmen Sie das Blatt aus der Maschine«, sagt er heiser.

»Ist es denn fertig?« fragt sie zögernd.

»Nehmen Sie es heraus«, wiederholt er. »Wir machen ein andermal weiter. Ab morgen haben wir etwas anderes zu tun.«

Sie sieht ihn befremdet an, aber sie wagt keine Frage mehr.

Die Schwachsinnige stößt einen kleinen Schrei aus, als Martha ins Zimmer tritt. Aber ein flüchtiger Blick Marthas bringt sie sofort zum Schweigen.

»Dummes Ding«, ruft ihre Tante ärgerlich. »Was erschreckst du einen, als käme ein Gespenst.«

Dann erst wird ihr klar, daß es die Haushälterin Karels ist, die so unvermutet am späten Abend noch zu ihr kommt, und sie verstummt.

Martha bleibt dicht neben der Tür stehen. »Hab eine Anfrage«, sagt sie gelassen. »Kann sein, daß ich für eine Zeit verreisen muß, nach meinem Hof schauen; ist dort nicht alles, wie es sein soll beim Pächter. Aber die kranke Frau, die Frau Karel, braucht wen, der kocht und putzt. Hab gehört, daß das Mädchen da recht tüchtig ist und keine feste Stelle hat.«

Während der ganzen langen Rede hat sie die Schwachsinnige nicht ein einziges Mal aus den Augen gelassen. Jetzt erst sieht sie die Putzfrau des Kommissars an, die mit angespanntem Gesicht und steif vor Staunen zugehört hat.

Lange Zeit spricht niemand ein Wort. Dann wendet sich die Putzfrau zu der Schwachsinnigen:

»Kennst du die Frau da?«

Das Mädchen schüttelt heftig den Kopf.

»So«, sagt die Putzfrau, »du kennst sie nicht. Nun gut. Ist mir auch gleichgültig. Und Sie, woher kennen Sie denn das Mädchen?«

»Vom Sehen und Hörensagen«, erwidert Martha gemessen.

Wieder eine lange Pause. Dann sagt Martha:

»Wenn das Mädchen nicht will, soll es das sagen. Dann geh ich jemand andern suchen.«

Die Putzfrau sieht ihre Nichte mit scharfer Aufmerksamkeit an. Das Gesicht des Mädchens zeigt einen merkwürdig verstockten Ausdruck.

»Also, wenn sie nicht will . . .« Martha wendet sich langsam zur Tür.

Plötzlich kommt Leben in die Schwachsinnige.

»Ich will ja«, schreit sie. »Hab ja nicht nein gesagt.«

Martha dreht sich wieder um. »Man wird dir Botschaft zukommen lassen, wenn es soweit ist.«

»Halt«, sagt die Putzfrau, »da ist noch etwas zu fragen. Wie hoch ist denn der Lohn? Oder wird's wieder so sein wie bei Fräulein Grasset?«

Martha macht keine Miene, darauf einzugehen.

»Der Lohn wird sein wie überall.«

Das Mädchen wirft einen ängstlichen Blick auf die Putzfrau, aber von dorther hat sie nichts weiter zu erwarten als ein kühles Achselzucken.

Martha bleibt abwartend stehen, bis das Mädchen schließlich nickt, dann geht sie feierlich rauschend hinaus.

Kaum ist die Tür hinter ihr ins Schloß gefallen, bricht die Putzfrau in ein lautloses Gelächter aus.

»Das ist gut« murmelt sie. »Das ist gut: sie muß verreisen. ›Verreisen‹, sagt sie! Der wird der Boden heiß unter den Füßen. Die geht auf Nimmerwiedersehen.«

Die Schwachsinnige starrt sie töricht an.

»Ja«, wiederholt die Putzfrau, »es ist, wie ich dir sage: sie geht und kommt nicht wieder.«

Plötzlich unterbricht sie sich. »Geh zu Bett«, sagt sie hastig, »ich muß noch fort. Bin gleich wieder zurück. Was schaust du mich denn so an? Darf ich nicht fortgehen, wann ich will? Genug jetzt mit diesem dummen Angestarre.« Sie wirft ein Tuch um. »Geh zu Bett, sage ich dir. Wehe dir, wenn du mir wieder nachläufst.«

Die Schwachsinnige wartet, bis die Schritte ihrer Tante in der Gasse verklungen sind, dann wirft sie sich über ihr Bett und beginnt zu schluchzen. Niemand hört sie. Ihr kummervolles Weinen wird tief in den dicken Federkissen erstickt.

Es dauert sehr lange, bis der Kommissar zur Tür kommt. Obwohl er das Klopfzeichen seiner Putzfrau deutlich genug hätte hören müssen, öffnet er nicht.

»Was wollen Sie?« fragt er hinter der geschlossenen Tür.

»Eine Nachricht«, flüstert sie. »Eine wichtige Nachricht.«

»Jetzt, so spät noch?«

Er läßt sie so zögernd ein, daß sie zu fürchten beginnt, er habe ihr insgeheim sein Vertrauen entzogen. Dieser Gedanke treibt ihr brennende Tränen in die Augen.

»Also, was ist's?« Wie unfreundlich er spricht. »Nun?«

Endlich vermag sie zu reden, aber sie tut es ohne den gewohnten Eifer und in Furcht: »Karels Haushälterin geht fort. Sie war bei mir, sie hat es selber gesagt, sie hat meine Nichte zur Aushilfe bestellt.«

Sie blickt ihren Herrn in demütiger Erwartung an. Einen Augenblick scheint es ihr, als ob alles beim alten sei: der Kommissar spielt sein Spiel der Teilnahmslosigkeit, unter der sich seine scharfe Aufmerksamkeit verbirgt. Aber bald muß sie erkennen, daß er nicht mehr spielt. Er ist voll von einer Müdigkeit, die ihr unbegreiflich und unheimlich erscheint.

»Ja dann . . .«, murmelt sie, »dann geh ich wieder. Gute Nacht.«

»Warten Sie.« In neuerwachter Hoffnung schaut sie zu ihm auf.

»Wann, sagt die Haushälterin, wann will sie fortgehen?«

»Das weiß sie noch nicht. Sie hat gesagt, man wird uns Botschaft zukommen lassen, wenn es soweit ist.«
»Und wohin geht sie?«
»Auf ihren Hof, sagte sie. Ich weiß nicht, was sie damit meint. Hat sie denn einen?«
Statt einer Antwort sagt er nur: »Es ist in Ordnung. Ich danke Ihnen.«
Sie hebt witternd den Kopf. Das war eine veränderte Stimme. Es war, als wenn ein undurchdringliches Gestrüpp plötzlich mit einem scharfen, blitzenden Messer durchschnitten worden wäre. Vorsichtig schaut sie in sein Gesicht: es ist aufs äußerste gespannt.
»Gute Nacht«, sagt sie noch einmal leise, dann zieht sie sich eilends zurück. Erst weit entfernt vom Haus des Kommissars, in einer dunkeln leeren Gasse, erlaubt sie sich den Triumph. Ein Triumph, der so mit Furcht und Bangen durchtränkt ist, daß er seinen Glanz eingebüßt hat. Vergeblich sucht sie sich zu Bewußtsein zu bringen, daß dies der Augenblick war, den sie jahrelang in verzehrenden Träumen vorweggenommen hat. Der große Dienst, sie hat ihn ihrem Herrn in dieser Stunde erwiesen. An eine rauhe feuchte Mauer gelehnt, beginnt sie plötzlich und ihr selber unbegreiflich zu weinen. Mühselig schleicht sie nach Hause.
Erst am Morgen entdeckt sie, daß ihre Nichte fort ist. Das Bett ist unbenützt. Eine alte Reisetasche und einige Kleider fehlen. Auch das Geld, das die Schwachsinnige in ihrer Matratze versteckt hatte, ist verschwunden.

Endlich gelingt es dem alten Gärtner, Martha anzusprechen. Eine Woche lang hat er vergeblich versucht, sie zu treffen. Jetzt stellt er sie auf dem Gemüsemarkt, mitten im Gedränge. Sie hat ihre Einkäufe gemacht, und Alexandra ist bei ihr. Er schiebt sich wie unversehens dicht neben Martha.

»Ich muß mit dir reden«, flüstert er.

»Ah«, ruft Martha, »ist gut, daß ich Sie treffe.«

Er ist so verblüfft über diese Anrede, daß er sie eine Weile sprachlos anstarrt. Martha sieht ihn höflich erwartungsvoll an, bis er zu stottern beginnt:

»Es ist wegen . . . Sie wissen schon.«

»Ja, wegen der Hecke und wegen dem Gras. Sie wollen wissen, ob Sie wie früher schneiden und mähen sollen. Hier ist das Fräulein. Alexandra: soll der Gärtner das Gras in der Parkstraße mähen?«

Die Kleine wirft ihr einen gequälten Blick zu.

»Ich weiß nicht.«

»Aber du bist die kleine Herrin. Du mußt sagen.«

Alexandra wendet sich ab. »Meinetwegen«, murmelt sie. »Tu, was du willst.«

»Also schön«, sagt Martha, »Sie können mähen, Sie haben gehört, und die Hecke . . .«

In diesem Augenblick kommt ein Fuhrwerk, hoch mit Gemüse beladen, das sie von Alexandra trennt.

Der Gärtner beugt sich zu Marthas Ohr. »Du mußt kommen«, flüstert er, »du mußt unbedingt heute noch kommen.«

»Ich bin nicht schwerhörig«, erwidert sie laut und richtet sich so hoch wie möglich auf. »Gut, ich komme heute nachmittag.«

Er starrt sie entsetzt an. »Doch nicht am hellen Tag!«

»Warum denn nicht? Brauch ohnehin frische Bohnen.«

Damit läßt sie ihn stehen und eilt der Kleinen nach,
die hinter einem Stapel leerer Gemüsekisten blaß und
erschrocken auf sie wartet.

»Was hat er von dir gewollt, Martha?«

»Du hast doch gehört.«

»Nichts hab ich gehört.«

»Wenn ich dir doch sage: er hat gefragt, ob er mähen und schneiden soll. Was hast du denn? Bildest
dir wieder Gott weiß was ein, kleiner Angsthase
du.«

»Martha, du lügst, ich weiß es.«

»Still doch. Was sind das für Reden. Hab ich das ver-
dient?«

Die Kleine wirft ihr einen verzweifelten Blick zu.
Der Schweiß steht ihr in kleinen glänzenden Tropfen
auf der Stirn. Martha wischt ihn mit ihrer vom Putzen und Waschen rauh gewordenen Hand behutsam
ab. »Mein Herzchen«, murmelt sie, »mein kleines
furchtsames Häschen. Komm, wir kaufen noch Sup-
penfleisch, das gibt eine gute starke Brühe. Ist gesund
für mein Kind und gibt Kraft.«

Am Nachmittag erscheint Martha bei dem alten Gärtner. Er wohnt allein in einem winzigen Haus am
Ende der Gärtnerei, die seinem Bruder gehört.

»Ich komme, die Bohnen holen«, sagt sie laut. Ein
rascher Blick in die Runde überzeugt sie, daß sie allein
ist mit dem Alten. Er öffnet stumm die Tür zu seinem

Haus und läßt sie ein. Dann zieht er unter einem Haufen morscher Hanfseile und leerer Bastkörbe ein wohlverschnürtes Päckchen hervor. Noch immer schweigend drängt er es ihr in die Hände. Sie stellt es mit beinahe zärtlicher Sorgfalt auf den Tisch und blickt den Gärtner gelassen an.

»Was also?« sagt sie schließlich ruhig. »Du willst nicht mehr? Jetzt auf einmal?«

»Jetzt auf einmal«, wiederholt er mit verhaltenem Zorn. »Ich wollte, ich hätte mich nie hergegeben zu dieser Sache. Hättest du das Ding gelassen, wo es war. Mußt es gerade zu mir bringen. Hast mir alles viel einfacher vorgestellt, war alles ganz harmlos. Ich hab überhaupt nicht gewußt, daß es unrecht Gut war.«

Sie unterbricht ihn: »Was ist unrecht Gut? Da ist gar nichts ›unrecht Gut‹. Weißt genau, daß es der Kleinen gehört.«

Er wirft ihr einen vorsichtigen Blick zu. »Ja«, murmelt er, »ist schon so, wie du sagst. Bloß . . .«

»Bloß was?«

»Warum ich es hinterher nicht habe sagen dürfen . . .«

»Hab ich dir's nicht erklärt? Hast vergessen? Ich sag dir's noch einmal. Wirst dir's jetzt merken können?« Sie nähert sich ihm auf so beängstigende Weise, daß er Schritt für Schritt zurückweicht, aber sie folgt ihm bis zur Wand: »Weißt du's wirklich nicht mehr? Soll das Kind erben, um alles gleich wieder zu verlieren? Wer nimmt Geld und Schmuck und alles, wenn wir's nicht verstecken? Nun also. Siehst du.«

Er versucht einen letzten Widerspruch, aber sie schneidet ihm das Wort ab.

»Dich geht's ja gar nichts an. Nur mich allein, verstehst du? Du weißt gar nichts, hörst du? Ein Wort von dir, und du bist im Verdacht.«

Er beginnt zu stottern. »Ja, ist ja schon gut. Ich sage kein Wort. Bloß das da, nimm's mit. Ich halt's nicht mehr aus.« Flüsternd fügt er hinzu: »Nachts stehe ich auf und schau nach, ob es noch da ist, das verfluchte Ding, und ich geh ums Haus und schau, ob niemand kommt . . .«

»Dummes Zeug«, sagt Martha. »Wer sollte hier was suchen. Bei dir ist's in Sicherheit. Tust's ja auch nicht umsonst. Hast schon einiges eingesteckt, nicht wahr? Ist dir recht gut zustatten gekommen.«

Sie wendet sich zum Fortgehen, aber er wirft sich ihr in den Weg, er bricht beinahe in die Knie.

»Nimm's mit, ich sage dir: nimm's mit. Sonst werf ich's heute nacht noch in den Bach.«

»Das wäre dumm von dir. Man würde dich sehen.«

Er zittert so stark, daß er sich nicht mehr auf den Beinen halten kann, er muß sich setzen. Stumm ringt er die Hände.

»Nun also«, sagt sie ruhig. »Siehst du jetzt, daß es besser ist, es bleibt so, wie es ist?«

Er schüttelt verzweifelt den Kopf. »Ich kann ja nicht mehr, ich bitte dich, nimm's fort, nimm's von mir. Ich kann dir nicht versprechen, ob ich nicht eines Nachts aufsteh und fortgeh und es erzähle.«

»So also steht's mit dir.« Sie sieht ihn voller Verachtung an. »Gut, ich nehm's mit. Aber du weißt: ein Wort von dir, und du bist mitten drin. Hast Geld genommen. Vergiß das nicht.« Sie legt das Päckchen in ihren Korb. »Jetzt gib mir die Bohnen.«

Mit einem Henkelkorb voll grüner frischer Bohnen verläßt sie die Gärtnerei, als plötzlich ein Mann in Zivil auf sie zutritt und sie leise auffordert, ihm zu folgen. Sie ist verhaftet.

»Wohin?« fragt Martha den Mann, der stumm neben ihr geht.
»Wohin? Wohin sonst als ins Gefängnis.«
Sie zeigt weder Angst noch Schrecken. Gelassen sagt sie: »Dann möchte ich bitten, daß ich zuerst meine Sachen in Ordnung bringen darf. Bin bei einer kranken gelähmten Frau. Ist niemand da außer mir.«
Der Mann zuckt die Achseln. »Das geht mich nichts an.«
Martha nickt. »Geht Sie nichts an«, murmelt sie bestätigend. Sie gehen schweigend weiter.
Nach einer Weile sagt sie: »Möchte bitten, zum Herrn Kommissar geführt zu werden.«
»Den werden Sie noch früh genug zu sehen bekommen.«
Sie bleibt stehen. »Und die kranke Frau, allein zu Haus? Und wenn sie stirbt? Ich bitte, zum Herrn Kommissar gebracht zu werden.«
Der Mann gibt keine Antwort. Doch Martha geht keinen Schritt mehr weiter.
»Kommen Sie. Machen Sie keine Geschichten, sonst muß ich Sie mit Gewalt abführen lassen.«
»Möchte bitten, zum Herrn Kommissar gebracht zu werden.«

Der Mann ist ratlos. Er hat Befehl, ganz unauffällig zu handeln. Schon beginnen die Vorübergehenden auf Martha zu blicken, die störrisch wie eine Eselin mitten auf der Straße steht.

»Nun gut«, sagt er schließlich zornig. »Wenn der Kommissar sich von Ihnen sprechen läßt, meinetwegen.«

Sie nickt befriedigt und setzt sich ruhig in Bewegung. Der Mann folgt ihr, ohne sie aus den Augen zu lassen, aber in seinem Blick liegt ein unbestimmtes Unbehagen, das nicht weit weg ist von Furcht.

Kurze Zeit später steht Martha allein vor dem Kommissar.

Sie stellt den Korb auf den Boden, zieht schweigend unter den grünen Bohnen das Päckchen hervor und legt es dem Kommissar auf den Schreibtisch. Dann sieht sie ihn aufmerksam an. Ohne Zweifel versucht sie, seinem Blick abzulesen, was sie von ihm zu erwarten hat. Aber er zeigt nichts als eine unnahbare Strenge. Schließlich sagt sie: »Da ist der Schmuck. Ich habe ihn abgeholt dort, wo er versteckt war. Weiß niemand außer mir etwas davon. Bevor ich ins Gefängnis muß, möchte ich um einen Tag Urlaub bitten. Muß für Frau Karel um eine andre Haushälterin schauen. Die Frau ist krank. Hat niemand, der sie pflegt.«

Er läßt sie eine Weile warten, dann sagt er: »Gut. Gehen Sie. Ich brauche Ihnen nicht zu sagen, daß Sie überwacht sind. Ein Versuch zu fliehen wird unmöglich sein.«

Sie nickt so ernsthaft und eifrig wie ein Schulkind und bringt ihn damit beinahe aus der Fassung.

Hastig fährt er fort: »Mehr als zwei Stunden Zeit kann ich Ihnen nicht geben. Ich erwarte Sie an dieser Stelle.«

»Ich danke dem Herrn Kommissar.« Ihre Stimme ist so ruhig, daß den Kommissar eine Art Grauen überkommt. Er entläßt sie mit einer Handbewegung, und da er ihren zögernden Blick zur Tür bemerkt, führt er sie selbst hinaus. Sie geht hocherhobenen Hauptes fort. Der Polizist in Zivil, der sie gebracht hatte, folgt ihr auf einen Wink des Kommissars.

Die Tür des kleinen Häuschens, in dem die Putzfrau wohnt, steht weit offen. Eine Menge schwatzender, aufgeregter Weiber versperrt den Eingang. Martha schiebt sich vorsichtig zwischen ihnen hindurch. Der Polizist bleibt im Treppenhaus stehen, den Blick auf der offenen Tür. Die Putzfrau sitzt auf einem Stuhl mitten im Zimmer und ringt die Hände. Beim Anblick Marthas springt sie auf. »Was wollen Sie denn hier?«

Die Weiber verstummen, eins nach dem andern. Erstaunt und erwartungsvoll schauen sie auf die Angekommene. Martha geht geradewegs und ohne sich um die andern zu kümmern auf die Putzfrau zu. »Bin gekommen unsrer Abmachung wegen. Brauche jetzt das Mädchen, weil ich verreise.«

»Das Mädchen?« Die Putzfrau tritt einen Schritt auf sie zu. Es sieht aus, als wolle sie sich auf Martha stürzen. Dann wendet sie sich an die Umstehenden: »Habt ihr gehört, das Mädchen will sie holen.« Sie bricht,

während sie auf den Stuhl zurücksinkt, in ein Geschrei aus, das ebensogut Lachen wie Schluchzen ist.
Eines der Weiber sagt leise zu Martha: »Reden Sie nicht von dem Mädchen. Es ist doch nicht mehr da. Es ist verschwunden, schon zwei Tage. Kein Mensch weiß wohin. Die Polizei findet keine Spur. Wahrscheinlich ist es tot. Ermordet.«
Martha zeigt kein Erschrecken, aber ihre Stimme ist nicht ganz so ruhig wie sonst, als sie fragt: »Ist das wahr? Ist das erwiesen?«
»Erwiesen?« Die Putzfrau springt von neuem auf. »Was geht das dich an? Was brauchst du zu fragen, du . . .«
Sie geht mit erhobenen Fäusten auf Martha los. Martha weicht keinen Schritt zurück, aber sie sagt achselzuckend: »Was schreist und weinst du so um das Mädchen? Hast es schlecht genug behandelt, das arme Ding.«
Die Putzfrau wird weiß vor Zorn. Ein paar Weiber gehen lautlos hinaus.
Plötzlich beugt sich die Putzfrau zu den Umstehenden. »Wißt ihr«, flüstert sie, »wißt ihr, wer die da ist?« Mit tückischer Langsamkeit, den Zeigefinger ausgestreckt, geht sie von neuem auf Martha zu. »Die da ist schuld daran, daß meine Nichte verschwunden ist. Schaut sie nur an. Schaut, wie sie ihre Augen verdreht. Jetzt soll sie reden, soll sich verteidigen. Warst du's oder warst du's nicht, die alles angezettelt hat?«
Sie hebt die Hände, um an den Fingern abzuzählen: »Meine Nichte verschwunden aus Angst vor dir. Der Erhängte mit dem verfluchten Schmuck. Der Bub im Wasser aus Angst. Die Schlägerei und die Verwunde-

ten, weil einer den andern beschuldigt hat wegen dem Schmuck. Die vielen Feindschaften in der Stadt. Karel, der jeden Tag besoffen ist. Und die Tote in der Parkstraße. Ist's noch nicht genug? Die ganze Stadt in Unfrieden und voller Verdacht.«

Martha schiebt ihre ausgestreckte Hand gelassen beiseite. »Ist ja Unsinn«, sagt sie. »Bist verrückt. Weißt nicht, was du redest.«

»So, ich weiß es nicht? Und warum opferst du Kerzen in der Friedhofskapelle? Warum? Willst du es wissen? Weil dich deine Toten verfolgen.«

Sie blickt in wildem Triumph um sich. Keines der Weiber rührt sich. Martha wendet sich zum Gehen.

»Haltet sie doch«, schreit die Putzfrau, »haltet sie, bevor sie aus der Stadt verschwindet.«

In diesem Augenblick stürzt ein Kind herein.

»Der Gärtner«, ruft es mit heller Stimme, »der Gärtner hat sich erschossen mit einem Elsterngewehr. Die Polizei war bei ihm. Er hat alles gesagt vor dem Tod.«

Eine Weile ist es ganz still. Das Kind macht sich auf, um seine Botschaft weiterzutragen. »Warte doch«, ruft die Putzfrau. »Was war es, das der Gärtner gesagt hat vor seinem Tod?«

»Weiß nicht. Sie haben nur gesagt: ›Er hat alles gesagt.‹« Ungeduldig eilt es fort.

»Da«, schreit die Putzfrau, »habt ihr es gehört? Wieder ein Opfer, das die da auf dem Gewissen hat. Ins Gefängnis gehört so eine. Packt sie, laßt sie nicht fort.«

Doch keine einzige Hand erhebt sich gegen Martha, die, auf der Schwelle angelangt, sich ihnen allen zuwendet und die Hand hebt wie ein Schulkind, das etwas melden will. »Was schreist du denn«, sagt sie ruhig. »Was wollt ihr denn alle? Einer muß immer schuld sein an allem. Bin's eben diesmal ich. Ist kein Erbarmen in der Welt.«

Der Krug, der ihr in stummer Wut nachgeworfen wird, zerschellt, schlecht gezielt, am Türpfosten. Nur die Milch, die der Krug enthielt, ergießt sich über Marthas Kleid, Haar und Gesicht. Der Polizist, der vor der Tür gewartet hat, ergreift Martha am Arm und zieht sie fort.

Erst als sie schon auf der Straße ist, erhebt sich hinter ihr das Geschrei der Putzfrau von neuem, und diesmal stimmen die übrigen Weiber mit ein.

Eine Weile später, als es schon wieder still geworden ist, hört man plötzlich das schlürfende Geräusch vieler Füße in Hausschuhen und Pantoffeln: die Weiber folgen stumm und finster.

»Niemand daheim«, sagt Martha verzweifelt. Die Wohnung ist leer. Der Polizist läßt sich auf den Küchenstuhl nieder, den Blick auf der Uhr.

Martha kümmert sich nicht um ihn. Sie wechselt die Kleider. Das von der Milch befleckte wäscht sie rasch aus und hängt es zum Trocknen auf. Dann kocht sie das Abendessen. Alexandra braucht es nur zu wärmen, wenn sie kommt. Hundertmal unterbricht Martha ihre Arbeit, um auf das leiseste Geräusch im Haus zu horchen. Dann setzt sie sich an den Küchentisch, einen Brief zu schreiben. Eine entfernte Verwandte auf dem Dorf, sie wird kommen und den Haushalt führen. Martha kramt einen großen Geldschein aus der Schublade und legt ihn bei.

»Es wird Zeit«, sagt der Polizist, der ihr aufmerksam zusieht.

Martha lauscht angestrengt. Kein Schritt auf der Treppe.

Jetzt nur noch der Abschied von Frau Karel. Der Polizist läßt die beiden allein.

Die Kranke sieht ihr angstvoll entgegen. Das Zittern ihrer dünnen Lider und die Tiefe der blauen Schatten um ihre Augen: Anzeichen eines nahen Herzanfalls.

»Muß heut noch verreisen«, murmelt Martha, während sie sorgfältig die Herztropfen abzählt. »Bin aber bald wieder hier. Hab zur Aushilfe eine Base von mir bestellt. Ist sonst alles in Ordnung. Und wenn Alexandra kommt, sie soll das Essen wärmen und morgen von der Schule daheim bleiben, bis meine Base kommt.«

Die Kranke schiebt die Hand, die das Glas hält, mit erstaunlicher Entschiedenheit beiseite. Dann greift sie nach der Schreibtafel: »Ich werde es nicht überleben. Sorg du später für das Kind.«

»Aber, aber«, sagt Martha, »was sind das für Reden. Jetzt nehmen Sie schon die Tropfen, der alten Martha zulieb.«

Die Kranke schüttelt den Kopf, während sie Marthas rauhe alte Hände ergreift und drückt.

Im nächsten Augenblick hat sie der Anfall ereilt. Martha reißt das Fenster auf und flößt ihr die Tropfen mit behutsamer Gewalt ein. Langsam gleitet die Kranke in den betäubenden Schlaf.

Martha wischt das Geschriebene sorgfältig aus und malt darauf: »Ich komme wieder.«

Dann geht sie leise hinaus. Der Polizist erwartet sie ungeduldig. Sie weiß nicht, was man in das Gefängnis mitnimmt. So geht sie mit leeren Händen. Wieder folgt in einiger Entfernung das Geräusch vieler Füße, und es ist deutlich zu hören, daß es noch sehr viel mehr geworden sind.

Martha ist pünktlich beim Kommissar. Er weist ihr stumm einen Platz an. Lange fällt kein Wort. Sie sitzen sich gegenüber, in dieser Stunde einander seltsam ähnlich, zwei ebenbürtige Gegner.

Der Abendlärm der Stadt, langsam verebbend, und der mühsame Atem der beiden – weiter ist nichts zu hören.

Schließlich ist es der Kommissar, der spricht. »Haben Sie mir etwas zu sagen?«

Sie nickt. »Möchte bitten, daß ich das Kind noch sprechen kann. Habe einiges zu sagen wegen der Mutter und wegen dem Haushalt.«

Er schüttelt den Kopf. »Nicht mehr vor Ihrer Vernehmung.«

Es folgt eine lange Pause, dann wiederholt der Kommissar seine Frage. Sie schüttelt den Kopf. »Nein?« Er sieht sie eindringlich an. »Wirklich nicht?« Seine Stimme ist jetzt ohne Schärfe. Sie klingt eher besorgt und traurig. »Ich glaube, es wäre besser für Sie und Fräulein Karel und uns alle, wenn Sie mir ein offenes Geständnis machen würden.«

Sie seufzt, etwa so, wie eine Mutter über die törichten Fragen eines Kindes seufzt. »Was soll ich sagen. Ich habe den Schmuck gebracht. Ich habe ihn auch aus dem Versteck geholt und in ein anderes Versteck gebracht. Ich habe sieben Stücke daraus genommen und verkauft. Haben Geld gebraucht für die Kranke. Hab gewußt, daß der Schmuck dem Kind gehört.«

»Ja«, sagt er, »das alles weiß ich. Von Ihnen möchte ich etwas anderes erfahren. Sie verstehen mich genau.«

Sie beugt sich ein wenig vor wie eine Schwerhörige und sieht dem Kommissar aufmerksam und fragend ins Gesicht.

»Weiß nicht, was der Herr Kommissar meint«, sagt sie schließlich ruhig und höflich.

Er blickt sie weiterhin an.

»Wenn der Herr Kommissar auf den Tod von Fräulein Grasset anspielt, da weiß ich nichts, als was alle wissen. Aber das wird mir der Herr Kommissar nicht glauben.« Sie hebt die Achseln und läßt sie wieder fallen. »Da kann ich nichts machen. Muß eben ins Gefängnis.« Sie sagt es im Ton der vollkommenen demütigen Ergebenheit, und dieser Ton ist selbst im mißtrauischen und erfahrenen Ohr des Kommissars ohne Falsch.

»Nun gut«, sagt er, »das wird sich herausstellen. Vorläufig spricht vieles gegen Sie, das wissen Sie.«

Martha bewegt unbestimmt den Kopf. »Weiß, was die Leute reden, Herr. Hab's grade hören müssen bei Ihrer Putzfrau.«

Er sieht sie überrascht an.

»Waren Weiber beisammen, bei Ihrer Putzfrau«, fährt sie fort. »Haben gesagt, ich bin an allem schuld. Sind auch unten.«

»Unten?«

»Sind mir alle nachgegangen bis daher. Der Herr Polizist wird wissen. Sie wollen sehen, wie ich ins Gefängnis geh.«

Der Kommissar tritt ans Fenster. Wirklich: sie sitzen auf den Stufen und am Randstein der Straße vor dem Polizeigebäude. Sie warten schweigend. Es sind sehr viele. Der Kommissar sieht deutlich seine Putzfrau mitten unter ihnen.

»Ich hoffe«, sagt er merkwürdig sanft, »daß Sie Ihre Schuldlosigkeit beweisen können und daß die Zeugenaussagen zu Ihren Gunsten ausfallen.«

Wieder nur eine unbestimmte Kopfbewegung. »Werde nichts tun können, zu beweisen. Ist auch gleichgültig für mich. Bin alt. Bloß die Frau und das Kind, sie würden mich noch brauchen.«

Er nickt. »Wir werden uns morgen wiedersehen, falls Sie mir nicht noch heute abend etwas sagen möchten.«

Man führt sie zu einer kleinen Hintertür hinaus, fernab und ungesehen von denen, die vor dem Polizeigebäude warten und die sich erst in der Dunkelheit murrend und unzufrieden zerstreuen.

Alexandra kommt heim. Sie findet die Küche aufgeräumt und leer. Das Abendessen steht zum Wärmen auf dem Gasherd. Marthas Kleid hängt naß über der Leine. Auf dem Pflaster darunter haben sich kleine

Pfützen angesammelt. Alexandra betrachtet sie befremdet. Dann geht sie ins Zimmer ihrer Mutter. Sie schläft. Was steht auf dem Täfelchen? Das ist Marthas Schrift. »Ich komme wieder.« Warum soll sie nicht wiederkommen? Wahrscheinlich hat sie vergessen aufzuschreiben, um wieviel Uhr sie wiederkommen wird. Alexandra setzt sich aufs Fensterbrett. Sie starrt gedankenlos in die untergehende Sonne. Plötzlich ein Geräusch. Die Mutter hat sich bewegt. Aber wie sieht sie aus, wie sonderbar klingt ihr Atem. Ein Herzanfall. Alexandra kennt die Anzeichen. Sie springt auf. »Martha!« Ihre Stimme hallt durch die leere Wohnung, eine ängstliche Kinderstimme. Aber für Angst ist jetzt keine Zeit. Sie weiß, was zu tun ist: das Fenster auf, und die Tropfen, die altbewährten Tropfen, sie zählt mit zitternden Lippen. »Hier, Mama, trink!« Aber die Mutter hört nicht. Ihr Gesicht ist seltsam blau und spitz. Die Kleine versucht, ihr die Tropfen mit einem Löffel einzuflößen, aber der halboffene Mund behält nichts. Alexandra blickt hilfesuchend um sich. Wenn wenigstens der Vater käme. Sie weiß, wo er ist: wo sonst um diese Zeit als in dem kleinen Café, in dem er längst einen Stammplatz hat, verborgen in einer Nische. Aber er wird betrunken sein, wie immer. Macht nichts. Nur nicht allein sein jetzt. Alexandra beugt sich über die Mutter und sagt ihr laut ins Ohr: »Ich hole nur den Vater, ich bin sofort wieder da.« Gott sei Dank, die Mutter hat verstanden, sie nickt, freilich ohne die Augen zu öffnen.

Die Kleine stürzt davon. »Martha«, flüstert sie vor sich hin, »so komm doch, Martha ...«

Das Café ist um diese Tageszeit voll. Alexandra drückt sich zwischen den Tischen hindurch wie eine scheue Katze. Sie hat die Augen gesenkt in der törichten Hoffnung, niemand würde sie sehen. Aber sie fühlt, daß man ihr verwundert nachschaut.

Der Vater hält die Zeitung vor sein Gesicht, aber ein Blick in seine glasigen Augen genügt, um der Kleinen zu verraten, wie es mit ihm steht.

»Vater«, flüstert sie, »komm sofort heim. Ich glaube, Mama stirbt.«

Er sieht sie verständnislos an. »Was willst denn du hier?«

»Hörst du denn nicht: Mama stirbt.«

Er schüttelt sinnlos den Kopf.

»Mein Gott«, sagt Alexandra, während sie ihn in wildem Kummer rüttelt, »so steh doch auf. Komm an die frische Luft. Du mußt heim. Mama stirbt.«

»Kann nicht«, murmelt er, schwer betäubt vom Schnaps. »Siehst doch, ich kann nicht. Was willst du denn hier. Geh fort, geh heim . . .«

Die Kellnerin hat den Vorgang beobachtet, sie hat das Gespräch gehört.

»Laß ihn«, sagt sie, »es hat keinen Zweck, er hört und sieht nichts in dem Zustand. Ist es wirklich so schlimm mit deiner Mutter? Dann ruf doch besser das Krankenhaus an, man soll sie holen. Warte, ich tu's für dich. Geh jetzt heim, ich weiß wo ihr wohnt, die kommen sehr schnell dorthin.« »Danke«, murmelt Alexandra. Dann versucht sie noch einmal, den Vater aufzuwecken. Vergeblich. Mit Tränen der Scham in den Augen schleicht sie davon.

»Nein, erster Klasse, ein Einzelzimmer«, sagt Alexandra laut.

Die Barmherzige Schwester sieht sie erstaunt an.

»Aber kannst du das bestimmen?«

Alexandra nickt ungeduldig.

»Und wo ist denn dein Vater?«

»Verreist. Er kommt morgen.«

Kurze Zeit später liegt Frau Karel, von starken Spritzen mühsam belebt, in einem der vielen kleinen weißen Zimmer des Krankenhauses.

Man hat die Kleine so lange im Korridor warten lassen, niemand hat sich um sie gekümmert. Endlich kommen die Ärzte und Schwestern aus dem Zimmer.

»Du kannst jetzt ruhig heimgehen«, sagt eine der Schwestern zu ihr. »Deiner Mutter geht's jetzt ganz gut. Morgen früh kannst du wiederkommen.« Alexandra nickt. Kaum sind die Schwestern verschwunden, schlüpft sie leise in das Zimmer ihrer Mutter. Rasch hat sie ein Versteck für alle Fälle gefunden: die Fensternische, von Vorhängen verdeckt, ist tief genug. Vorläufig ist es nicht nötig, sich zu verbergen. Sie setzt sich auf den Stuhl neben dem Bett und betrachtet unverwandt die Mutter, die jetzt sanft zu schlafen scheint. Alexandra ist durchaus gesonnen, die ganze Nacht so hier zu sitzen, Schlaf und Leben ihrer Mutter mit brennenden Augen zu bewachen. Hin und wieder läuft ein heftiger Schauder über die Kleine, und sie verkriecht sich tiefer in den weichen Sessel, zieht die nackten Beine hoch und versucht, sie unter dem für ihr Alter viel zu kurzen Röckchen zu wärmen.

Es ist zu spät, sich zu verstecken, als plötzlich, auf lautlosen Sohlen, die Nachtschwester eintritt.

»Was machst du denn noch hier? Hat man dir nicht gesagt, daß du nicht hierbleiben darfst?«

Alexandra, in ihrem Sessel zusammengekrümmt, rührt sich nicht.

»Hörst du? Es ist dir verboten, während der Nacht hierzubleiben. Geh jetzt gutwillig fort, sonst...«

Sie unterbricht sich, plötzlich bestürzt durch den glühenden Blick der Kleinen. Sanfter fährt sie fort: »Was ist denn mit dir? Brauchst doch keine Angst zu haben. Sei froh, wenn du heim darfst in dein Bett. Bist noch jung genug. Du brauchst deinen Schlaf notwendig.«

Aber die Kleine macht keine Miene, ihren Posten zu verlassen. Sie gleicht jetzt so sehr einem verstörten, angriffsbereiten Tier, daß die Schwester es nicht wagt, sie einfach hinauszuwerfen.

»Nun mach keine Geschichten«, sagt sie mit vorsichtiger Freundlichkeit. »Du störst nur deine Mutter. Das willst du doch nicht.« Damit öffnet sie leise die Tür, ihr den Weg freigebend. Wirklich springt die Kleine jetzt mit einem Satz auf und huscht hinaus. Aber sie kommt nicht weit. An der nächsten Ecke stößt sie mit einer andern Schwester zusammen.

»Was treibst du dich denn hier herum? Bist du nicht die kleine Karel?«

Alexandra gibt keine Antwort.

»Doch, du bist's«, sagt die Schwester. »Und du bist doch die Großnichte von Fräulein Grasset, nicht wahr?«

»Nein«, sagt Alexandra trotzig.

Die kleine Schwester sieht ihr in die Augen. «Dein Vater liegt unten. Er schläft jetzt.« Zögernd fügt sie hinzu: »Willst du zu ihm?«

Alexandra rührt sich nicht.

»Du«, sagt die kleine Schwester leise, »willst du mit mir in die Kapelle gehen? Möchtest du nicht für deine Mutter beten und für die arme Seele deiner Großtante? Sie ist hier gestorben, vor meinen Augen.«

Alexandra wirft ihr einen langen, unergründlich finstern Blick zu, dann dreht sie sich um und geht langsam fort, die Hände in den Taschen.

In einer dunkeln Nische unter einem Treppenabsatz verbringt sie bald schlafend, bald von Frost wachgeschüttelt, den Rest der Nacht. Im Morgengrauen schleicht sie, ungehört und ungesehen, wieder hinauf. Sie kommt in dem Augenblick, in dem der Arzt, zwei Schwestern und der Pfarrer das Zimmer ihrer Mutter verlassen. Niemand braucht der Kleinen zu sagen, was geschehen ist. Ins Dunkle gedrückt, läßt sie alle an sich vorbeigehen. Dann stürzt sie ins Zimmer.

Ihr Vater sitzt dort, übernächtig, stumpfsinnig und tränenlos.

Die Kleine wirft ihm einen wilden Blick zu. »Geh hinaus«, flüstert sie, »geh sofort hinaus. Du hast hier nichts mehr zu suchen.«

Er erhebt sich schlaftrunken.

»Was willst du denn?« murmelt er mit schwerer Zunge. »Wie sprichst du denn mit mir?«

»Geh«, wiederholt sie, ihn vom Bett der Mutter wegdrängend. »Glaubst du, ich weiß nicht, daß du ihr den Tod gewünscht hast? Jetzt hast du's erreicht. Jetzt hast du das ganze Geld für dich.«

»Mein Gott, du bist verrückt.«
Aber er zieht es vor, zu gehen. Dieser wahnsinnige
Blick ... Von der Schwelle her wendet er sich vorsichtig noch einmal um. Aber sie kümmert sich schon
nicht mehr um ihn.

Sobald das Postamt geöffnet wird, eilt Alexandra
hinein, um ein Telegramm an Martha aufzugeben.
Wo sonst sollte Martha sein als auf ihrem Hof, in
ihrem Dorf.
Plötzlich legt sich eine fremde Hand auf ihr Telegramm. »Warten Sie mit dem Absenden, bis wir zusammen gesprochen haben.«
Alexandra ist zu müde, um zu erschrecken, als sie
den Kommissar erkennt. Widerstandslos folgt sie
ihm. Sie weiß nicht, wohin er sie führt, aber ihre kleinen Schritte versuchen, sich unwillkürlich den seinen
anzupassen, so wie ein Kind vertrauensvoll und eifrig
versucht, mit dem Vater Schritt zu halten. Sie nimmt
kaum wahr, daß er sie in sein Büro geholt hat. Tief
erschöpft und vom Schmerz ganz betäubt, sieht sie
ihm zu, wie er Wasser aufsetzt in einem elektrischen
Kocher und das Frühstück bereitet. Für kurze Zeit
schläft sie sogar ein; sie erwacht vom Geruch des starken Tees, der neben ihr dampft. Gehorsam und
stumpf trinkt sie. Sie ißt sogar, was er ihr zu essen
befiehlt.
Plötzlich schiebt sie Tasse und Brot beiseite. »Das
Telegramm! Meine Mutter ist tot. Ich muß Martha
rufen.«

Er hält sie sanft auf dem Sessel zurück. »Ihre Martha ist nicht fort. Sie ist in der Stadt. Sie ist im Gefängnis.«

Einen Augenblick scheint es, als würde die Kleine ohnmächtig. Aber sie schwankt nur auf sanfte Weise, mit geschlossenen Augen, wie im Traum. Mit einemmal aber springt sie auf. Ihre Augen sind schrecklich geweitet. »Das haben Sie getan!« Sie tritt auf ihn zu, als wollte sie sich auf ihn stürzen. Mitten in der Bewegung aber hält sie inne.

»Lassen Sie Martha wieder frei«, sagt sie langsam und mit klarer harter Stimme, und während sie ihm mit wahnsinniger Offenheit ins Gesicht blickt, fährt sie fort: »Ich habe es getan. Ich bin an allem schuld. Martha ist unschuldig. Lassen Sie sie . . .«

Jetzt versagt ihre Stimme. Ihre Kraft ist zu Ende. Sie beginnt zu zittern wie im heftigen Fieber, und plötzlich wirft sie sich, ein wild schluchzendes, von unermeßlichem Kummer überwältigtes Kind, dem Kommissar in die Arme. Er hält sie still an seiner Brust. »Auch der Tod deiner Großtante?« murmelt er. Sie nickt. Langsam streicht er über ihr wirres Haar.

Einen Augenblick später hat sie sich logerissen, und ehe er sie halten kann, ist sie über die Treppe geglitten, mit der lautlosen Behendigkeit eines Wiesels. Er stürzt ihr nach. Vergeblich. Viele Stunden verbringt er damit, sie zu suchen. Die Karelsche Wohnung steht offen. Sie ist leer.

Am späten Nachmittag rast die Feuerwehr durch die Stadt. Das Telefon des Kommissars schellt. Es ist das Haus Fräulein Grassets, das brennt. Einige Minuten

165

später ist der Kommissar zur Stelle. Das Feuer muß von innen her und mit großer Geschicklichkeit angelegt worden sein.

In seltsam starrem Schweigen schauen die Leute zu. Niemand außer der Feuerwehr rührt eine Hand, zu retten, was zu retten wäre.

Plötzlich schreit jemand auf: »Die kleine Karel!« Einige Augenblicke sieht man sie deutlich mitten in den Flammen. Dann wird sie von stürzenden Balken bedeckt. Die Männer nehmen Hüte und Mützen ab, die Frauen bekreuzigen sich stumm. Eine einzelne Stimme beginnt laut das Totengebet zu beten, und die übrigen fallen ein. Dann zerstreuen sie sich langsam und schweigend nach allen Seiten, während es sanft zu regnen beginnt.

Spätabends noch wird Martha aus ihrer Zelle zum Kommissar geholt. Sie kommt in unerschütterter Würde.

»Sie haben mir noch immer nichts zu sagen?«

»Hab nichts weiter zu sagen. Gar nichts.«

»Dafür habe ich Ihnen etwas zu sagen: Frau Karel ist tot.«

Martha schließt die Augen, während sie murmelt: »Gott sei ihrer armen Seele gnädig.«

Damit glaubt sie sich entlassen. »Kann ich wieder gehen?«

»Noch etwas: das Haus in der Parkstraße ist abgebrannt.«

»Ist abgebrannt?« Sie schaut ihn in seltsamem Mißtrauen an. Aber er fährt schon fort: »Alexandra Karel ist beim Brand umgekommen.«

Offenbar hält sie diese Botschaft für eine Falle, die man ihr stellt, und sie zieht es vor, zu schweigen. Allmählich aber begreift sie. Langsam und zitternd hebt sie die Hände vors Gesicht. Plötzlich aber wirft sie die Arme hoch, und während sie einen wilden, durchdringenden Schrei ausstößt, läßt sie sich zu Boden fallen. Dort liegt sie eine Weile lang ausgestreckt, regungslos, stumm und wie vom Blitz getroffen. Der Kommissar betrachtet sie erschrocken und argwöhnisch.

»Das Unglück ist groß«, sagt er leise. »Es trifft Sie schwer. Aber verzweifeln Sie nicht. Lassen Sie uns sehen, wie wir das alles in Ordnung bringen, so gut es geht.«

Statt einer Antwort beginnt sie auf eine schauerliche Weise zu weinen und zu klagen. Selbst der Kommissar, an das Gebrüll Tobsüchtiger gewöhnt, preßt für einige Augenblicke seine Hände auf die Ohren. Dann aber hört er es an, ungeschützt, schweigend und erschüttert.

Langsam nur verebbt das Geheul.

»Stehen Sie auf«, sagt der Kommissar.

Martha versucht es, aber sie verwickelt sich in ihre Röcke. Ohne die hilfreiche Hand des Kommissars anzunehmen, bleibt sie, wie sie ist: ausgestreckt auf dem Boden.

»Ist alles anders als der Herr Kommissar denkt«, flüstert sie. »Hat doch alles so kommen müssen. Läuft alles Wasser bergab, hält's keiner auf. War alles zum Unglück gerichtet. Hab geglaubt, es wenden zu

167

können, und hab damit das Kind in den Tod getrieben, ich, ich – – –«

Von neuem beginnt sie, den Kopf auf den Boden schlagend, zu weinen.

»Herr«, flüstert sie heiser, »ist alles meine Schuld, die meine ganz allein. Will alles sagen. Hab's vorher nicht sagen können. Aber jetzt. Das Kind ist tot. Mein Herzchen tot, und ich, ich bin schuld . . . Hab alles zum Guten richten wollen für das Kind. Sollte eines, eines wenigstens von der Familie glücklich werden. Hab's nicht gekonnt.«

Den Kopf schwer in die Hände gestützt, hört der Kommissar das seltsamste aller Geständnisse, das er je entgegengenommen hat.

»Hab geglaubt, ist nichts Böses, den Bösen zu bestrafen. Ist doch nicht so. Mein ist die Rache, spricht der Herr. Ich, ich wollte rächen. Hat so viel Böses getan, das alte Fräulein, hat's mit Fleiß getan und ohne Reue. War hart wie Stein und nah am Tod, und hat doch nicht sterben können, und hat nichts hergegeben von allem Geld. Hat zugeschaut, wie die andern, die Blutsverwandten, halb verhungert sind. Hab sie nicht umgebracht, Herr, und hab sie doch umgebracht, und hab's nicht gewollt, und hab das Kind benützt. Bin schuld an der Sünde vom Kind. Unwillentlich, Herr, ich schwör's. Und bin doch schuld. Wäscht nichts mehr rein. Ist tot, mein Kind. Kann schreien wie ich will. Ist tot . . . Allein im Feuer, das Kind, ganz verlassen . . .«

Wären ihre Worte nicht so klar, könnte man sie für wahnsinnig halten: sie schlägt ihren Kopf auf den Boden, daß es dröhnt, und ohne zu bemerken, was sie tut, reißt sie langsam ihre Kleider in Fetzen. Doch der Kommissar unterbricht sie nicht mehr.

»Hab ihr nur Angst machen wollen, Herr. Hab dem Kind gesagt, wie die Not groß war: geh hin, red ihr vom Tod und von der Hölle, sag das und das. Dann gibt sie. Hat nicht gegeben, Herr, hat bloß gelacht. Geh nochmal hin, hab ich gesagt, und mach ihr andre Angst. Hab alles ausgeschnitten, was in den Zeitungen gestanden hat von Mord und Raub und Überfall, und haben viel dazu gemacht. Hat wirklich geholfen. Hat Angst bekommen, die Alte, hat den Schmuck vergraben, hat ihre Fenster verbaut, hat gezittert Tag und Nacht. Wollt sogar, daß ich in der Nacht bei ihr schlaf. Hab's nicht getan. Hab gesagt: für viel Geld. Aber nichts von Geld, sie hat und hat nicht gegeben. Und da hab ich's getan.«

Schon glaubt der Kommissar, von ihr jetzt wirklich einen klaren Bericht zu bekommen, als sie von neuem in ihr schauerliches Geheul ausbricht. »Mein Kind, mein Armes. Deine Martha ist schuld, und du mußt's büßen. Mußt büßen wie der Sündenbock. Ist alles auf dich gefallen, meine Schuld, und die Schuld der Alten, und alle Schuld. Warst unschuldig und zum Unglück gerichtet durch mich, mich . . .«

Plötzlich verstummt ihr Geschrei, und auf ihre Ellbogen gestützt, richtet sie sich ein wenig auf. »Was viel reden«, sagt sie hart und laut. »Das Kind ist tot, die Frau ist tot. War alles umsonst. Will auch sterben. Hab gemordet. Wer mordet, muß sterben.«

»Nein«, sagt der Kommissar, »nein. So ist es nicht. Auf Mord steht nur Zuchthaus. Lebenslänglich vielleicht.«

Sie sieht flehend zu ihm auf.

»Aber so einfach ist's nicht für Sie«, sagt er leise. »Sie müssen mir erst beweisen, daß es ein Mord war.«

»War Mord, Herr«, ruft sie. »Hab so lang am Haus gescharrt in der Nacht, drei Nächte lang, dann war's so weit. Ist gestürzt vor Angst und Schreck. Hab sie ermordet auf meine Art.«

Jetzt richtet sie sich weiter auf, bis sie auf den Knien liegt. In seltsamem Vertrauen blickt sie zum Kommissar auf. »Die Strafe, Herr, für das, ich bitte. Fürs andre gibt es keine hier auf Erden. Die kommt drüben.«

»Frau«, sagt er erschüttert, »ich glaube, man wird Ihnen nicht mehr als einige Jahre Gefängnis geben. Ein Urteil zu fällen wird schwierig sein. Was an mir liegt, so werde ich viel für Sie tun können. Ich will Ihnen helfen.«

»Nein, Herr«, sagt sie, so laut sie es vermag mit ihrer heiseren Stimme, »nein. Will alles auf mich nehmen hier auf Erden.«

»Ja«, sagt er leise, »dann werden Sie es wohl auf sich nehmen müssen, eine geringe Strafe zu bekommen und weiterzuleben mit dem, was Sie getan haben.«

Sie denkt eine Weile angestrengt nach. »Ja«, murmelt sie dann, »so ist's, so wird es sein.«

Langsam steht sie auf. Schon im Hinausgehen sagt sie leise: »Wenn ich um was bitten dürfte, Herr: wenn vom Kindchen noch was gefunden wird im Haus, so soll's begraben werden bei der Mutter in der geweihten Erde. Wenn das der Herr Kommissar erreichen könnte . . .«

Er nickt. »Es wird geschehen.«
Dann fällt die Tür hinter ihr zu.

Am nächsten Tag reicht der Kommissar sein Gesuch um Entlassung aus dem Dienst ein.

Luise Rinser

Abaelards Liebe
Roman. Band 11803

Mitte des Lebens
Roman. Band 256

Die gläsernen Ringe
Erzählungen
Band 393

Der Sündenbock
Roman. Band 469

Hochebene
Roman. Band 532

Abenteuer der Tugend
Roman. Band 1027

Daniela
Roman. Band 1116

Die vollkommene Freude
Roman. Band 1235

Ich bin Tobias
Roman. Band 1551

Ein Bündel weißer Narzissen
Erzählungen
Band 1612

Septembertag
Erzählungen
Band 1695

Der schwarze Esel
Roman. Band 1741

Bruder Feuer
Roman. Band 2124

Jan Lobel aus Warschau
Erzählung. Bd. 5134

Mirjam
Roman. Band 5180

Gefängnistagebuch
Band 1327

Geschichten aus der Löwengrube
Erzählungen
Band 11256

Silberschuld
Roman. Band 11171

Saturn auf der Sonne
Band 13166

Grenzübergänge
Tagebuch-Notizen
Band 2043

Kriegsspielzeug
Tagebuch
1972-1978
Band 2247

Wachsender Mond
Aufzeichnungen
1985-1988
Band 11650

Im Dunkeln singen
1982-1985
Band 9251

Den Wolf umarmen
Band 5866

Wir Heimatlosen
1989-1992
Band 12437

Mit wem reden
Band 5379

Fischer Taschenbuch Verlag

fi 132 / 18

Luise Rinser

Kunst des Schattenspiels
1994 bis 1997

157 Seiten. Leinen

Schwere persönliche Erfahrungen haben Luise Rinsers Leben und Denken in den letzten Jahren bestimmt. Krankheit und Tod ihres Sohnes, lange eigene Klinikaufenthalte nach zwei Unfällen haben sie an die Grenze ihrer Existenz geführt. Die Grundfragen des Lebens, die sie von jeher beschäftigen, stellen sich ihr neu und sie findet neue Antworten. Aber vier Monate, so stellt sie fest, »waren in meinem Bewußtsein wie leere Seiten«. Mit vier leeren Seiten ist diese Zeit auch in ihrem Tagebuch festgehalten. Ein tief prägendes Erlebnis fällt ins erste der hier dokumentierten Jahre: eine Reise nach Indien auf Einladung des Dalai Lama zu langen Gesprächen. »Fünf Tage, täglich einige Stunden neben ihm, haben mich unerhört viel gelehrt.« Diese Begeg-nung, die auch Anstoß gab zu neuer, intensiver Auseinander-setzung mit den großen Themen der buddhistischen und der christlichen Mystik, beschreibt Luise Rinser als einen »Zustand des gehobenen Glücks«. Und in einer anderen Eintragung   heißt
es: »Glücklich sein: dankbar sein fürs Leben, so wie es ist.«

S. Fischer

Manfred Hausmann

Stern im dunklen Strom

Ein Roman

Band 9215

Der Kunst des Aquarells ist Manfred Hausmanns Schilderung des Stromes und der Weserlandschaft bei Bremen zu vergleichen. In die so erfaßten Stimmungen zeichnet er mit starkem Strich seine Gestalten, seine Charaktere und ihr oft unerwartet schroffes Handeln gleichsam hinein. Ein junges Mädchen, Silke Spreckelsen, wird, als es sich in seiner jugendlich unerfahrenen Verliebtheit getäuscht sieht, zur Mörderin. An einem Bootsausflug auf der Weser mit ihren Eltern nehmen auch ihr Bruder, ihr Chef bei ihrem Zeitungsvolontariat, der nihilistische Zyniker Dr. Block und der verteidigungsbereite Anwalt Dr. Schleef, teil. Silke merkt bei dieser Gelegenheit, daß der von ihr geliebte Mann den Flirt mit ihrer Mutter sucht. Die *Nausikaa* läuft auf und sinkt. Dr. Block taucht noch einmal in die Kajüte hinab, voll Eifersucht versperrt Silke ihm die Ausgänge, er ertrinkt. Als einziger durchschaut der Anwalt, die als Unfall angesehene Tat. Silke versucht ihr Schuldgefühl zu verdrängen, indem sie sich gehen läßt. Dr. Schleef, der das Mädchen liebt, bemüht sich, sie zur Einsicht und Sühne zu bewegen. Ein Zufall ermöglicht Silke diesen Schritt.

Fischer Taschenbuch Verlag